# ÉPIGRAPHIE ARABE

## D'ASIE MINEURE



PAR

CLÉMENT HUART

Extrait de la Revue Sémitique
1894-95

PARIS
IMPRIMERIE PAUL LEMAIRE
14, Rue Séguier, 14

1895

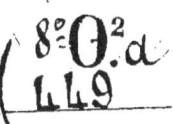

Bibliothèque Nationale
Hommage de l'auteur
Cl. Huart



# ÉPIGRAPHIE ARABE
# D'ASIE MINEURE

# ÉPIGRAPHIE ARABE

## D'ASIE MINEURE



PAR

CLÉMENT HUART

PARIS
IMPRIMERIE PAUL LEMAIRE
14, Rue Séguier, 14

1895

# ÉPIGRAPHIE ARABE D'ASIE MINEURE

Ayant été chargé par le Ministère de l'instruction publique et des beaux-arts, dans le courant de l'année 1889, d'une mission en Asie Mineure à l'effet d'étudier les monuments datant de l'époque des Seldjouqides, j'ai eu l'occasion de relever, au printemps de 1890, sur la route de Brousse à Qonya, ainsi que dans cette dernière ville, un certain nombre d'inscriptions de l'époque musulmane, la plupart en langue arabe. Les copies que j'en ai rapportées font l'objet du travail suivant (Ire et IIe parties).

Conformément aux règles de l'épigraphie, je donne d'abord le texte de l'inscription tel qu'il figure sur le monument, avec toutes les irrégularités qui peuvent le déparer; mais, contrairement à un usage constant en matière d'épigraphie latine et grecque, j'ai jugé inutile, dans la plupart des cas, de transcrire le texte une seconde fois avec les corrections nécessaires; je me suis borné à indiquer celles-ci dans une courte annotation. Cependant, lorsque le texte est difficile et prête à plusieurs interprétations, je ne manque pas d'indiquer celle que j'ai choisie. La transcription suit toujours les règles de la prononciation arabe, à moins qu'il ne soit question de personnages ou de villes très connus, comme Saladin, Angora, Mossoul.

Ces inscriptions remontent à l'époque des Seldjouqides de Roûm, à celle des princes de Qaramân et de Kermiyân, ainsi qu'à celle des premiers sultans ottomans.

## PREMIÈRE PARTIE

### *Route de Brousse à Qonya par Kutahiya et Afyoûn Qara-Ḥiçâr.*

La route suivie part de Brousse et passe par Yéñi-Chéhir, Bilédjik, Seuyud, In-Euñu, Eski-Chéhir, Kutahya et Afyoûn-

Qara-Ḥiçâr. Ce n'est pas le chemin direct, mais il permet de se rendre compte de la topographie des localités qui virent la naissance de l'empire ottoman et la bataille qui ouvrit aux croisés l'intérieur de l'Asie Mineure. Aujourd'hui, une ligne ferrée en exploitation joint Constantinople à Eski-Chéhir, l'ancienne Dorylée ; mais, à l'époque où j'accomplis ce voyage, le seul véhicule dans ces régions était encore le cheval.

## I

### *In-Euñu.*

La bourgade d'In-Euñu, chef-lieu de *Nâḥiyé,* dont le nom signifie en turc « devant les cavernes », est connue des voyageurs à cause des chambres sépulcrales creusées dans le flanc du Toumânidj-Dâgh, qui la surmonte; c'est aujourd'hui une station du chemin de fer d'Angora. Elle contient une vieille mosquée composée d'un corps de bâtiment carré, surmonté d'une coupole, précédé d'un portique et flanqué d'un minaret, le tout en briques plates noyées dans le mortier. Le portique est soutenu par des colonnes antiques.

N° 1.

Au-dessus de la porte de la mosquée, sous le portique, inscription de deux lignes :

1 صاحب الخيرات والحسنات خواجه

2 يادكار ابن السلطان على سنه احدى وسبعين ونعهايه

« Le généreux, le bienfaiteur, Khodja Yâdiguiâr, fils du sultan ᶜAli. An 771. »

Si on lit سبعمائة à la dernière ligne, on aura la date 771 (commençant le 5 août 1369). En ce cas, le sultan ᶜAlî, nommé dans l'inscription, pourrait être le prince de Kermiyân ᶜAlî-beg, père de ce Yaᶜqoub-beg dont le règne précéda de peu celui de Bayézid Ildirim, monté sur le trône en 1389. La mosquée d'In-Euñu aurait donc été érigée par Khodja Yâdiguiâr alors que son père ᶜAlî-beg régnait à Kutahiya. (Voir plus bas, inscription n° 7.)

Il y a lieu de noter que cette inscription démontre que le territoire ottoman s'étendait fort peu au sud et ne dépassait guère alors les environs immédiats de Seuyut, sis à quelques heures de marche à peine d'In-Euñu. Cette dernière bourgade était donc, au nord, place frontière de l'État de Kermiyân à cette date, à la même époque où Mourad Ier Khodâvendigâr conquérait, dans des expéditions successives, toute la région de la Roumélie jusqu'aux Balkans.

## II

### *Eski-Chéhir.*

#### N° 2.

**Mosquée de Qourchounly « mosquée au plomb », ainsi nommée à cause de la couverture en plomb de la coupole. Elle est attenante à un couvent de derviches Mevléviyé. Au-dessus de la porte d'entrée on lit l'inscription suivante :**

كملت هذه العمارة المباركة في دولة مالك
العصر والاوان سليمان الوقت لربان
رام ملكه مخلدًا ومجددا سعده بتوفيق
الله لونوه ومد ملكه ونصير واصف الدهر
وعظيم العصر مولانا مصطفى باشا دام
سعده حسنة لله الحميد خاتاريخ
من خير جديد

Je lis ainsi :

كُمِلَتْ هذه العمارةُ المباركة فى دولة ملك العصر والاوان سليمان الوقت
والزمان رام ملكه مخلدًا ومجددًا سعده بتوفيق اللّه . . . . . ومُدَّ ملكهُ
. . . . . وآصف الدهر وعظيم العصر مولانا مصطفى پاشا دامَ سعدُهُ حسنةً
للّه الحميد [فى] تأريخ مِنْ خيرٍ جديدٍ *

« A été achevée cette construction bénie sous le règne du roi de l'époque et du temps, le Salomon contemporain (que son empire dure éternellement et que son bonheur soit toujours renouvelé, par la grâce de Dieu . . . . et qu'il étende son royaume), et (par ?) l'Asaph de l'époque, le grand de nos temps, Mevlânâ Moçṭafa-Pacha (puisse son bonheur durer !), comme une bonne œuvre à l'égard du Dieu louable. Chronogramme : « D'un nouveau bienfait. »

Le calcul des valeurs numérales des lettres composant le chronogramme donne la date 921 de l'hégire, correspondant à la période 15 février 1515 - 4 février 1516. Moçṭafa-Pacha est ce même vizir qui fit construire la mosquée de Guébizé, l'ancienne Lybissa [1]. Esclave de naissance et beau-frère du sultan Suléimân, il fut généralissime de l'expédition devant Rhodes en 1522. En 1523, il était rappelé d'Égypte. Piero Bragadino, dont le rapport est cité par Hammer [2], donnait à Moçṭafa quatre-vingt-quatre ans en 1526. La mosquée d'Eski-Chéhir a donc été construite avant les événements qui rendirent le nom de ce personnage célèbre dans l'histoire ottomane.

## III

### *Kutahiya.*

#### N° 3.

**Sur la porte d'entrée du *Medresé Madjîdié*, en ruines.**

عمر هذه المدرسه المباركه

1. Hammer, *Histoire de l'Empire ottoman*, t. V, p. 24.
2. *Opus laud.*, t. V, p. 73.

المولى المظّم مللا الامرا و

الكبرا مبارز الدين مو ررو
سا

جزنه الا بسهر سنه اربع سبعما
عا

« A construit cette école bénie, le maître magnifique, le prince des émirs et des grands, champion de la religion . . . . . . . . dans le mois . . . . de l'année 7 . 4 . »

Je lis ملك à la 2e ligne. La fin de la 3e et le commencement de la 4e sont pour moi totalement inintelligibles. Il faut dire que les inscriptions arabes de Kutahiya, remontant à l'époque des sultans de Kermiyân, sont tracées dans un neskhi confus et peu élégant ; cette époque a évidemment marqué une décadence de l'art calligraphique, entre la belle et claire épigraphie des Seldjouqides de Roûm et les caractères élancés, un peu grêles peut-être, mais élégants des monuments turcs de Constantinople.

L'expression مبارز الدين « champion de la religion » est déjà connue par la deuxième inscription du château de Bâniyâs (Panéas) en Syrie, publiée par M. Max van Berchem[1], car je lis ainsi, à la 5e ligne, au lieu de مبارر الدين qui, à juste titre, a embarrassé l'auteur. On sait que ce surnom a été porté par le second prince de la dynastie des Mozhaffériens, Emir Mobâriz-eddîn Moḥammed.

## N° 4.

Au-dessus de la porte d'entrée de la *Qourchoun-ly Djâmi'* (mosquée revêtue de plomb).

1 عمر هذه المسجد المباركه رالاسلام

2 بن لم لمسلمين سرافل . . . . .

3 لعوه والمروة ابن الشيخ محمد بن شيخ

1. *Journal asiatique*, nov.-déc. 1888, p. 462.

4 الدين ابن شيخ ون الدين فى شهور

بهعمود
5 سنه سبع وسبعين وسبعماية نفحه دا
صو ز

« A construit cette mosquée bénie, l'émir de l'islamisme, fils du prince des musulmans . . . . . le brave, le généreux, fils du chéïkh Moḥammed, fils du chéïk . . . . eddîn, fils du chéïkh ᶜAun-eddîn, dans le courant de l'année 777. . . . . . »

Je lis اميرالمسلمين à la 2ᵉ ligne; je supplée صاحب à la fin de cette même ligne. Au début de la suivante, le premier mot est الفتوة; au milieu de la 4ᵉ, il faut lire عون الدين. Remarquez l'incorrection de هذه devant المسجد.

L'année 777 de l'hégire a commencé le 2 juin 1375 pour finir le 20 mai 1376. Cette année est marquée par une des grandes campagnes de Mourad Iᵉʳ en Europe, la prise de Nich; l'Asie était tranquille. D'après Hammer, c'est à cette époque qu'eut lieu le mariage de la fille de Kermiyân-oghlou (ou plutôt du prince de Kermiyân, descendant de Kermiyân-beg) avec le jeune Bayézid, fils de Mourad, qui régna plus tard et est connu sous le surnom d'Yildyrym; ce mariage mit fin au royaume de Kutahiya (t. I, p. 244 et suiv.). Mais il faut ajouter, d'après le *Târîkh Munedjdjimbâchy* (t. III, p. 35) que Yaᶜqoûb-beg, car c'est lui dont il s'agit, fut rétabli sur son trône par Tamerlan après la bataille d'Ancyre; ce ne fut qu'en 831 hég. (1427-28) que ce prince vint à Andrinople faire hommage de vassalité au sultan Moḥammed et lui légua ses États. On peut voir, dans le recueil de Féridoûn-bey (t. I, p. 119), deux lettres en persan échangées entre Bayézîd et le prince de Kermiyân.

## Nᵒ 5.

Au-dessus de la porte d'entrée de la mosquée de *Qalᶜè-ï Bâlâ*, dans la citadelle. Cette inscription est difficilement lisible.

عمر هذه المسجد المبارك . . . . . . . . . .

سلطان الكرمان سيد سليمان بن شاه محمد بن يعقوب

الله تا فى شهور سنة سبع وسبعين وسبعمايه

« A construit cette mosquée bénie . . . . . . . . . . . . . . sultan de Kermiyân, Séïd Suléïmân, fils de Châh Mohammed, fils de Ya'qoûb (que Dieu le . . . . .), dans le courant de l'année 777. »

Je lis, à la 2e ligne, الكرميان, شاه محمد et يعقوب ; à la 3e شهور et سبعمائة.

N° 6.

Au-dessus de la porte d'entrée de la mosquée dite de *Ya'qoûb-Tchélébi.*

وجدد بنا هذا المسجد المبارك الشريف

المولى العالميه العامليه الكامليه

مولانا اسحاق الفقيه بن الحاج خليل عفا

عنهما الجليل تاريخ سنه سبع وثلثين وثمانيه

« Et a réparé la construction de cette mosquée bénie et noble, le maître (de la voie) savante, pratique et parfaite, notre maître Isḥâq le jurisconsulte, fils d'El-Ḥâdj Khalîl (que le Très-Haut leur pardonne à tous deux ! Date : an 837. »

L'année 837 de l'hégire a commencé le 18 août 1433 et a fini le 6 août 1434. Le sultan Mourad II, occupé de grandes guerres en Europe, avait cependant, vers cette époque, dirigé une expédition contre le prince de Qaramân, Ibrahim-beg, régnant à Qonya, et qui passa peut-être par Kutahiya (Hammer, t. II, p. 288), au pouvoir des Ottomans depuis six ans environ.

On trouve dans l'histoire la mention d'un Isḥâq le jurisconsulte, favori du prince de Kermiyân, qui fut choisi comme ambassadeur pour négocier le mariage de la fille du prince avec Bayézid Yildyrym en 783 (Sa'd-uddîn, *Tâdj ut-tévârîkh*, t. I, p. 95; cf. ci-dessus inscr. n° 4); mais il paraît bien que ce n'est pas le même personnage dont le nom figure dans l'inscription dont nous nous occupons.

La mosquée qui porte cette inscription est communément appelée aujourd'hui, par les habitants de Kutahiya, *Mosquée de Ya<sup>c</sup>qoûb Tchélébî*, et ce dernier est donné comme chéïkh-ul-islâm du temps du sultan Bayézid. Il est visible que cette attribution et cette explication sont inexactes. Cette mosquée est probablement la même qui est mentionnée par Ḥâdji-Khalfa, *Djihân-numâ*, p. 632, sous le nom de *Mosquée du cazi<sup>c</sup>askèr Khalil-Tchélébî*.

## N° 7.

**Au-dessus de la porte d'entrée d'une mosquée qui passe pour la plus vieille de Kutahiya.**

امر بعماره هذا المسجد المبارك الامير

نا و

الاكرم بن الحاج واحرهت الخيرات

اور بكرسوشى يا دامر بو وسعه بر

لسنه ثلث وثمانين وسبعمايه وكتر

أمَرَ بعمارة هذا المسجد المبارك الأميرُ الأكرم بن الحاج . . . [صاحـ]ـب

الخيرات . . . . . أمْرُ توفيقِهِ (?) . . . لسنَة ثلث وثمانين وسبعمائة . . .

« A ordonné de construire cette mosquée bénie l'émir El-Ekrèm, fils d'El-Hâdj . . . . . . . ., le bienfaiteur . . . . . par la grâce (de Dieu) . . . . . en l'an 783. »

L'année 783 va du 27 mars 1381 au 17 mars 1382.

Sur les cinq inscriptions arabes que nous avons relevées à Kutahiya, il y en a une qui est du temps de la domination ottomane, et les quatre autres remontent indubitablement à l'époque des princes de Kermiyân. Malheureusement, comme nous l'avons déjà fait observer, ces monuments sont en mauvais état de conservation, en outre de ce que la calligraphie en est fort grossière et vraiment d'une époque de décadence.

Il ne faut pas s'étonner que la lecture en ait été pénible, et qu'il m'ait été impossible de retrouver sur ces monuments les noms des princes de Kermiyân. Je souhaite qu'un autre voyageur soit plus heureux que moi. En attendant que des renseignements à la fois plus abondants et plus précis viennent éclairer l'obscurité profonde qui règne sur l'histoire de cette province avant la conquête ottomane, voici la liste de ces princes, telle qu'elle ressort du texte du *Târikh-i Munedjdjim-bâchy* :

Kermiyân-beg.<br>
|<br>
'Alichîr-beg...<br>
|<br>
'Alêm-châh....<br>
|<br>
'Ali-beg....... } Aucun synchronisme.<br>
|<br>
Ya'qoûb-beg, contemporain de Bayézîd-Yildirim [1].

Il existe, dans la collection de monnaies musulmanes de Ghâlib-bey [2], une monnaie d'argent dont les légendes sont difficilement lisibles et que l'auteur du catalogue attribue à Kermiyân-beg. Elle porte la date de 707 (commençant le 3 juillet 1307) ; la légende de l'envers est lue كرميان خان « Kermiyân-Khân » et celle du revers ضرب بشهر كرميان « frappé dans la ville de Kermiyân ». L'existence de cette pièce prouve qu'à cétte date on battait monnaie à Kutahya, et que par conséquent il y régnait un prince indépendant. La légende du revers indique également que l'antique Cotyæum avait alors perdu le nom qu'elle a retrouvé depuis sous la forme de Kutahya, pour prendre celui du prince turcoman qui la gouvernait, selon l'opinion de Hadji-Khalfa (*Djihân-numâ*, p. 632), à moins que, comme le fit Hammer, on n'y retrouve le nom de cette *Ceramorum agora* traversée par l'armée de Cyrus le jeune, que Xénophon nous a conservé [3]. Nous pencherions volontiers vers la seconde explication.

1. Cf. Sa'd-uddîn, *Tâdj ut-bévârîkh*,, t. I, p. 128.
2. *Taqvîm-i meskoûkât-i Seltchouqiyyèh*. Constantinople, 1309, p. 124.
3. Cf. Texier, *Asie Mineure* (dans l'*Univers pittoresque*), p. 394.

## IV

*Qara-Ḥicâr-i Çâḥib*, vulgò *Afyoûn Qara-Ḥiçar.*

N° 8.

**A gauche de la porte d'entrée de la citadelle. Inscription de trois lignes.**

امر بعمارة هذه الدار العاليه السـح

دولة السلطان المعظم علا الدنيا

والدين الفكىعاد كىـ مرهاه امر الموم

J'ai tâché, autant que possible, de rendre dans cette transcription l'apparence des caractères. La hauteur où ce texte est placé en rend la lecture malaisée, bien que les caractères en soient bien plus beaux et mieux sculptés que ceux que nous avons vus jusqu'ici. La comparaison avec les inscriptions de Qonya (voir plus loin les n$^{os}$ 23, 25, 26 et 27) prouve jusqu'à l'évidence que le texte doit être restitué ainsi :

أمر بعمارة هذه الدار العالية [في ايام]

دولة السلطان المعظّم علاء الدنيا

والدين [ابو] الف[تـ]ح كيقباد [بن] كيخ[سرو] [بن] برهان امير المؤ[منين]

« A ordonné de construire cette demeure élevée, sous le règne du sultan magnifié, ᶜAlâ eddounyâ w'ed-dîn, le Victorieux, Kaï-Qobâd, fils de Kaï-Khosrau, fils de [Qylydj-Arslân II, surnommé] la Preuve du prince des Croyants. . . »

Le nom du constructeur manque; cela indique que cette inscription est incomplète et qu'elle n'est peut-être pas à sa place primitive. Quoi qu'il en soit, c'est, sur la route de Qonya, la première inscription remontant à l'époque des Seldjouqides de Roûm.

Nous reviendrons sur ᶜAlâ-eddîn Kaï-Qobâd I$^{er}$ à l'occasion des inscriptions de Qonya (n° 23, plus loin).

## V

### *Tchâï.*

Village à trois heures de distance de Boulawadîn (Polybotum du moyen âge), sur la chaussée d'Afyoûn Qara-Ḥiçâr à Aqchéhir.

N° 9.

Sur la porte d'un ancien caravansérail à Tchaï. Inscription distique.

1 امر [ببنا] هذا الخان فى ايام السلطان الاعظم ////////// الدنيا [و] الدين كيخسرو [بن سليمان اهل اجتيار][1]

2 دولته العبد الضعيف بر سرر يعقوب بفا لله تاريخ ينة سبع وخمسين وستمايه

« A ordonné [la construction] de ce caravansérail, sous le règne du grand sultan [Ghiyâth] ed-dounyâ w'èd-dîn Kaï-Khosrau (fils de Soléïmân? . . . . . . . . .), . . . . . de son empire, l'esclave impuissant . . . . . . . Yaʿqoûb (que Dieu lui prête vie?). Date : an 657. »

L'an 657 de l'hégire va du 29 décembre 1258 au 18 décembre 1259. Le titre de *grand sultan* se retrouve sur les monnaies de Ghiyâth-eddîn Kaï-Khosrau II[2], et d'ailleurs la lecture de son nom est absolument certaine. Ce qui est une difficulté sérieuse, c'est la date de cette inscription. Ma copie ne présente aucun signe d'hésitation ni de doute, et cependant la date donnée ne peut correspondre au règne de Kaï-Khosrau II. Les monnaies ont démontré que la date de 654, donnée par Abou'l-Fédâ[3], Ibn-Khaldoûn[4] et Qara-Tchélibîzâdè[5] comme

1. Lecture très douteuse, à cause de l'enchevêtrement des caractères.
2. Fræhn, *Nova supplementa*, édité par B. Dorn, p. 70; Ghâlib-bey, *op. laud.*, p. 43 et suivantes.
3. Éd. de Constantinople, t. III, p. 200.
4. *Kitâb el-ʿibèr*, édit. de Boulaq, t. V, p. 172.
5. *Rauzat ul-abrâr*, éd. de Boulaq, p. 277.

étant celle de la mort de ce prince, est inexacte, et de même pour celle de 640, due probablement à une erreur du copiste ou de l'imprimeur de la géographie de Hâdji-Khalfa [1]. Ce prince serait mort en 657, s'il fallait en croire Djénâbi, cité par Hammer [2]; mais on a des monnaies de son successeur 'Izz-ed-dîn Kaï-Kâous II, frappées à Sîwâs et à Qonya, où Ghâlib-bey lit les dates de 644, 645 et 646. Or, 644 est précisément la date que donne le *Târîkh-i Munedjdjimbâchy* [3]; et bien que la lecture de la légende de la pièce n° 89 de la collection de Ghâlib-bey ne soit pas absolument convaincante, il y a lieu d'adopter cette date pour la fin du règne de Kaï-Khosrau II. Il y a, par conséquent, dans la lecture de l'inscription de Tchâï, une erreur dont il m'est impossible de me rendre compte.

ʿAlâ ed-dîn Kaï-Qobâd Ier était mort en 634 (1236) [4], empoisonné, disent les auteurs suivis par Hammer, par son fils Kaï-Khosrau II, qui lui succéda. Jeune et faible d'esprit, il sacrifia ou exila les grands les plus dévoués à l'État, sur les conseils perfides de Saʿd-ed-dîn, son ministre; mais éclairé enfin sur les intrigues de ce traître, il le fit mettre à mort et suspendre, dans une cage de fer, aux murailles de la forteresse. Cette cage de fer tomba un jour sur l'un des spectateurs, un musulman, qu'elle tua du coup, « de sorte que l'on put dire que ce méchant homme causait encore du mal après sa mort ».

L'Empire fut tranquille pendant quelque temps. En 637 (1239-40), un derviche nommé Bâbâ-Eliyâs (selon d'autres, Bâbâ-Isḥâq) se révolta à Kefr-Soût [5], bourgade dépendant de Samosate; cet individu simulait une grande piété et parvint à rattacher à sa cause de nombreux Turcomans, ainsi que des indigènes, parmi lesquels il faut compter Noûr-Çoûfî, arménien

1. *Djihân-numâ*, p. 622.
2. *Histoire de l'Empire ottoman*, t. I, p. 42.
3. Traduction turque, éd. de Constantinople, t. II, p. 569.
4. Munedjdjim-bâchy, Abou'l-Fédâ et Ibn-Khaldoûn ont tous trois cette date qui est la bonne, ainsi que l'indiquent les monnaies (Ghâlib-bey, *opus laud.*, p. 43). Hammer, qui cite Djénâbi, Lâri et le *Nokhbèt-ut-Tévârîkh* de Moḥammed-Éfendi, a 635, date décidément fausse.
5. Lire ainsi d'après le *Méràçid el-Iṭṭilâʿ*, éd. Juynboll, t. II, p. 563, et non Kefr-Soûd, comme le porte le texte imprimé du Munedjdjîm-bâchy.

de naissance, qui fut le père de Qaramân, fondateur de la dynastie connue sous ce nom[1]. Il alla s'installer ensuite dans une caverne située dans les hautes montagnes d'Amasia, où il se faisait passer pour prophète. Kaï-Khosrau II envoya contre lui l'un de ses beys, nommé Mobâriz ed-dîn, qui le vainquit, le prit et le pendit avec ses disciples. Suivant une autre version, rapportée par Djénâbî, Bâbâ-Eliyâs, après sa défaite et son arrestation, sut si bien s'emparer de l'esprit du vainqueur, que Djélâl-eddîn Roûmî et ses compagnons durent s'éloigner de la cour du sultan[2].

Deux ans avant ces événements, en 635 (commençant le 24 août 1237), le souverain de Qonya s'était fiancé avec Ghâziyé-Khâtoûn, fille encore mineure de Mélik el-ᶜAzîz Moḥammed, prince eyyoubite d'Alep, pendant que Mélik en-Nâçir Yoûsouf, fils d'El-ᶜAziz, se fiançait avec la sœur de Kaï-Khosrau, Mélékè-Khâtoûn, fille de Kaï-Qobâd Iᵉʳ et de la fille de Mélik el-ᶜAdil. On fit à Alep la *khoṭba* au nom de Ghiyâth ed-dîn.

En 641 (1243-44), une armée mongole, entrant pour la première fois en Asie Mineure, vint assiéger Erzéroum et s'en empara. Kaï-Khosrau, qui avait levé des troupes en toute hâte, avait sollicité des secours des Eyyoubites d'Égypte et des autres princes de race turque dans son voisinage et en avait reçu[3], fut défait complètement près de Toqât et s'enfuit à Qonya; les Mongols détruisirent de fond en comble Toqât et Qaïçariyya (Césarée de Cappadoce). Deux serviteurs dévoués de la dynastie, un émir nommé Modhahhib ed-dîn et le cadi d'Amasia se rendirent auprès de l'empereur mongol et conclurent la paix à la condition du versement d'un tribut annuel. C'est ainsi que les Seldjouqides de Roûm devinrent vassaux du grand empire de Qara-Qoroum.

Cette même année, une famine terrible désola l'Asie et força les Turcs à acheter des provisions aux Grecs établis dans les vallées qui, des rivages de la Méditerranée, remontent vers les

1. Hammer, *op. cit.*, t. I, p. 262, d'après Djénâbî.
2. Hammer, *op. cit.*, t. I, p. 44.
3. Ibn-Khaldoûn, *Kitâb el-'ibèr*, t. V, p. 172; Abou'l-Fédâ, éd. de Constantinople, t. III, p. 179.

hauts plateaux du centre de l'Asie Mineure[1]. Les Arméniens de la petite Arménie avaient saisi l'occasion de l'invasion mongole pour reprendre courage et recommencer la guerre avec leurs redoutables voisins. Dans ces conjonctures difficiles, Ghiyâth-eddîn avait songé à s'appuyer sur les croisés latins, maîtres de Constantinople. Les historiens occidentaux mentionnent un projet d'alliance formé par Baudoin II et Kaï-Khosrau II après la prise de Césarée[2], alliance qui devait être cimentée par un mariage de ce dernier avec la nièce de Baudoin, la fille d'Eudes de Montaigu. L'empereur grec Vatace parvint à faire rompre ce projet; il eut une entrevue avec le prince seldjouqide à Tripoli du Méandre, où les deux souverains renouvelèrent leurs anciens traités.

Ghiyâth-eddin Kaï-Khosrau II mourut de mort violente en 644 (1246); ses émirs révoltés l'étranglèrent[3].

## N° 10.

Sur la porte d'un ancien collège à Tchâï, inscription distique.

1 امر بعمارة هذه المدرسة المباركة فى ايام دولة سلطان العظيم الملك سا
غياث العالم الدنيا والدين

2 كيخسرو بن سليمان . . . . . . سلطانه لله العبد الضعيف المحتاج الى
رحمة الله تعالى ابو الحمد بوا عمر عفى الله سو تاريخ

« A ordonné de construire ce collége béni, sous le règne du grand sultan, du roi[4] . . . . Ghiyâth el-ʿAlèm, ed-dounyâ w'èd-dîn (secours de l'univers, du monde et de la religion),

1. Lebeau, *Histoire du Bas-Empire*, t. XXI, p. 434.
2. *Idem opus*, p. 426 et sqq.
3. Hammer, *op. cit.*, t. I, p. 44. La date est rectifiée ici d'après les monnaies.
4. On voit, par la liste des fils de Qylydj-Arslân Ier donnée par l'historien persan Ibn-Bîbî (*Textes relatifs à l'histoire des Seldjouqides* publiés par M. Houtsma, vol. III, Ire partie, p. 11), que le titre de *mélik* « roi » était porté par tous ces princes, chargés chacun du gouvernement d'une province, à l'exception de l'aîné, qui était décoré du titre de *châh*.

Kaï-Khosrau, fils de [Soléïman? . . . . .] (sa puissance est à Dieu!) l'esclave faible et qui a besoin de la miséricorde du Dieu Très-Haut, Abou'l-Ḥâmid Bouâ ʿOmar [Abou ʿOmar?] (que Dieu pardonne . . . . .!). Date . . . . . »

Bien que la date manque et que la filiation du souverain régnant soit indiquée d'une façon bien imparfaite, je crois que cette description est, comme la précédente, de Ghiyâth-eddîn Kaï-Khosrau II. Il y a lieu de remarquer que les titres donnés au prince seldjouqide ont ici une forme insolite qui ne concorde pas avec l'inscription n° 9 ni avec les légendes des monnaies : العظيم au lieu de الاعظم, et العالم après غياث. Je pense que le groupe de trois lettres qui précède le mot تاريخ doit être ذنو[به] « ses fautes ».

Sur cette même porte, au-dessous du portail en stalactites, il y a une autre inscription répartie en deux cartouches :

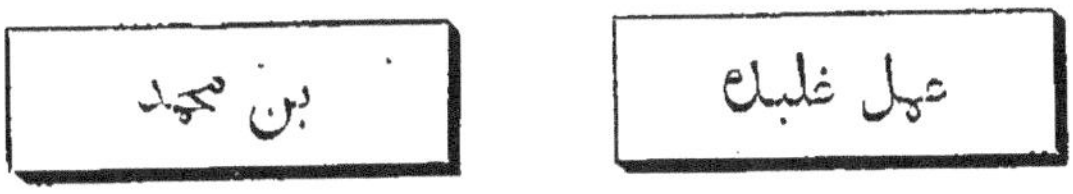


Je lis : عمل غلبك بن محمّد « travail de Ghalbek (?), fils de Mohammed ». C'est le nom de l'architecte.

## VI

### *Isḥâqly.*

Sur Isḥâqly, le *Djihân-Numâ* se contente de la maigre notice suivante : « C'est une bourgade située à un relais de distance d'Aq-Chéhir, à l'ouest, sur la grande route; elle s'étend, le long de la route à l'orient, à un relais de distance (?). Il y a un caravansérail pour les voyageurs; c'est le siège d'un cadi. » Le caravansérail dont parle Ḥâdji-Khalfa est le suivant[1].

1. Cf. Albert Helbig, *Excursion sur le plateau central de l'Asie Mineure*, dans la *Revue géographique internationale*, numéro d'octobre 1892, p. 218.

## N° 11.

**Au-dessus d'une porte en pierre grise, faisant partie d'un caravansérail en ruines.**

[ا]لسلطانى

عمّر هذا الخان لغاية كريه اىا السلطان الاعظم

عزّ الدنيا والدين اعد حسح كيكاوس

ں ڡحسىه ڡى ىرىان امير المومنين

وانا العبد جو جه على ابو الحسين ڧ سنة سبج

ال ميىىىســـا ما ىه

Je lis ainsi :

السلطانى * عمّر هذا الخان لغاية . . . السلطان الأعظم عزّ الدنيا والدين

ابو الفتح كيكاوس [ب]ن كيخسر[و] بن برهان امير المومنين وأنا العبد جوجهه

على ابو الحسين ڧ سنة [سبع وستّمائة ?]

« [Édifice] impérial. A reconstruit ce caranvansérail, à l'extrémité de. . . . . . . [sous le règne du] sultan très grand ᶜIzz-ed-dounyâ w'èd-dîn, le victorieux, Kaï-Kâous, fils de Kaï-Khosrau, fils de la Preuve du prince des croyants [celui qui est] moi, le serviteur Djoûdjèmè (?) ᶜAli Abo'u-Ḥoséïn, en l'an 607. »

Je dois justifier cette lecture. L'inscription de Qonya n° 23, que nous donnons plus loin, nous apprend qu'ᶜIzz-ed-dîn Qylydj-Arslân II portait le titre honorifique de *Preuve du prince des croyants,* qui lui avait été décerné par le khalife; il a eu pour fils Ghiyâth-ed-dîn Kaï-Khosrau Ier et pour petit-fils ᶜIzz-ed-dîn Kaï-Kâous Ier. Il est donc certain que l'inscription dont nous nous occupons porte le nom et la filiation de ce dernier prince, et non celle de son homonyme et successeur ᶜIzz-ed-dîn Kaï-Kâous II, dont le père était bien Ghiyâth-ed-dîn Kaï-Khosrau II, mais dont le grand-père était ᶜAlâ-ed-dîn Kaï-Qobâd Ier. Cela établi, la lecture de la date 607 (année commençant le 25 juin 1210) devient très probable; ce serait la première année du règne de Kaï-Kâous Ier, dont le père régnait encore au mois de çafar de cette année (fin juillet-août 1210), ainsi qu'il résulte d'une inscription que j'ai trouvée à Qonya (nº 55 ci-dessous)[1].

Les premières années du règne d'ᶜIzz-ed-dîn Kaï-Kâous Ier furent marquées par de grandes difficultés. Proclamé sultan, à la mort de son père, par les émirs d'Amid, de Ḥiçn-Keïfa, de Mârdîn, de Kharpout et de Samosate, il trouva, dès le début, en face de lui, les prétentions rivales de son oncle Toghrul-châh, prince d'Erzeroum, et de son frère cadet ᶜAlâ-ed-dîn Kaï-Qobâd, qui était alors à Toqât. Le premier l'assiégea dans Sîwâs, qui ne fut délivrée que par l'approche des troupes de Mélik el-Achraf (ou, d'après Ibn-Khaldoûn, de Mélik el-ᶜAdil, alors à Damas); le second s'était emparé d'Angora, mais Kaï-Kâous marcha contre lui, prit la ville par capitulation et tint en prison son frère à Malaṭiyya. Puis il continua sa marche sur Erzeroum où s'était retiré son oncle Toghrul, prit la ville et fit étrangler son adversaire avec tous ses émirs (610 = 1213[2]).

Ibn-Bîbî raconte différemment ces événements. D'après lui[3], Kaï-Qobâd, à la nouvelle de la mort de son père, s'était mis en marche de Toqât sur Qonya, mais il avait été arrêté sous les murs de Qaïçariyya par Kaï-Kâous Ier, que les émirs turcs avaient fait venir de Malaṭiyya et avaient reconnu comme souverain. Il fit donc le siège de Qaïçariyya, en compagnie de

1. Ici la numismatique est en défaut. Ghâlib-bey, dans le catalogue de sa collection, p. 24, à propos d'une monnaie d'argent frappée à Qonya et portant la date de 606, avait cru devoir adopter celle-ci et y fixer définitivement le commencement du règne de Kaï-Kâous Ier; mais comme il n'en donne pas la phototypie, on peut douter de sa lecture. En tout cas, la date de 607 est donnée par Abou'l-Fédâ (éd. de CP., t. III, p. 120), Ibn-Khaldoûn (t. V, p. 169) et le *Rauḍat el-Abrar* (p. 277); cf. Le Beau, *Histoire du Bas-Empire*, t. XXI, p. 210 et suivantes. Il n'y a pas lieu de s'arrêter aux historiens ottomans suivis par Hammer (t. I, p. 33) qui donnent la date, entièrement fausse, de 608.

2. Cette date est inexacte en ce qui concerne Toghrul, car on a une monnaie de ce prince frappée en 613 (Ghâlib-bey, *op. laud.*, p. 14).

3. Textes publiés par M. Houtsma, t. III, p. 99 et suivantes.

son oncle Toghrul-châh et était sur le point de s'en empare lorsque Djélâl-ed-dîn Qaïçar, ancien serviteur du prince dé funt, gouverneur et préfet de la ville, trouva le moyen d persuader Léon II le Grand, qui commandait les auxiliaire de la petite Arménie dans l'armée assiégeante, de rentrer dan son pays avec toutes ses troupes. Toghrul-châh, qui n'étai pas très rassuré à l'endroit des bonnes intentions de son allié prit le parti de s'en retourner, lui aussi, à Erzeroum, de sort que Kaï-Qobâd fut aisément battu par l'armée assiégée e obligé de lever le camp. Il s'enfuit à Angora, où son frère n'alla l'attaquer qu'au bout d'un certain temps employé à bien asseoir les bases de son pouvoir. Une monnaie de cuivre de la collection Ghâlib-bey a été frappée à Sîwâs en 610[1], ce qu prouve bien qu'en cette année Kaï-Kâous était maître de l'Asie Mineure, sauf Erzeroum.

Ce prince enleva par escalade Adalia aux Francs de l'île de Chypre (612 = 1214), qui l'avaient reprise sur les Seldjouqides, et Sinope à l'empereur grec de Trébizonde, Kyr Alexis I$^{er}$, le grand Comnène, enlevé pendant qu'il se livrait à la chasse[2]. Il est faux qu'à la suite de cette dernière conquête le khalife Nâçir-lidîn illâh lui ait décerné le titre honorifique de السلطان الغالب, « le sultan triomphant » (cf. inscr. n° 25, plus loin)[3]; c'est ce que n'a pas bien vu Ghâlib-bey, qui s'est trop fié au témoignage du *Târîkh Munedjdjim-bâchy*; la monnaie d'argent de 610 porte déjà ce titre, qui ne peut avoir été donné au sultan par le khalife que par allusion à sa victoire sur ses propres parents.

A la fin de cette même année, Kaï-Kâous fit une heureuse expédition contre Léon II, roi de la petite Arménie, qui avait refusé le payement du tribut. L'année suivante il épousa la fille de Fakhr-ed-dîn Behrâm-châh, fils de Dâoud-châh, prince d'Erzingân et descendant de Qylydj-Arslân I$^{er}$.

Après la mort de Mélik ez-Zhâhir, fils de Saladin, qui fut

1. *Op. laud.*, p. 23.

2. La reddition de Sinope eut lieu le samedi 26 djoumâdha II 611 (1$^{er}$ novembre 1214). Comparez Fallmerayer, *Geschichte des Kaiserthums von Trapezunt*, Munich, 1827, p. 94 et suivantes, qui est très incomplet.

3. Et non الغالب بالله, comme le prétend Ibn-Khaldoûn, t. V, p. 169.

emplacé par son propre fils Mélik el-ᶜAzîz, enfant en bas âge, ertains Alépins réfugiés auprès de Kaï-Kâous lui firent entrevoir la possibilité de s'emparer d'Alep et lui dissimulèrent les ifficultés de l'entreprise. Il s'entendit avec Mélik el-Afḍal, fils îné de Saladin, prince de Samosate, et convint de lui donner 'investiture de toutes les provinces qu'ils prendraient de concert, à charge de le reconnaître pour suzerain (615 = 1218). Mais Alep fut sauvée par l'entrée en scène des troupes de Mélik l-Achraf, prince de Mésopotamie et d'Akhlâṭ, composées en partie d'Arabes nomades de la tribu de Ṭayy. Une bataille fut livrée à Manbidj, Kaï-Kâous eut le dessous et fut contraint de regagner l'Asie Mineure, où El-Achraf l'aurait poursuivi s'il n'avait pas appris la mort de son père, Mélik el-ᶜAdil, le célèbre frère de Saladin, en Égypte[1].

Kaï-Kâous ne voulut pas rester sous le coup de cette expédition manquée et il résolut de porter la guerre en Mésopotamie. Il s'entendit avec le prince d'Amid et celui d'Erbîl qui firent prononcer son nom dans le prône ; il marcha sur Malaṭiyya pour détourner l'attention d'El-Achraf pendant que le prince d'Erbîl attaquerait Mossoul ; mais il tomba malade pendant la route, de la phtisie pulmonaire, disent les historiens arabes, et il mourut en 616 (1219), non à Sîwâs où il fut enterré, mais à Vîrân-Chéhir[2].

Djénâbi rapporte l'épitaphe inscrite sur son tombeau, et l'on en trouve la traduction dans Hammer (t. I, p. 367). Ibn-Bîbî

1. Ibn-Bîbî est très peu satisfaisant sur ces événements ; il est trop visiblement préoccupé de laisser le beau rôle aux Seldjouqides. L'éditeur a partout imprimé *Tâhir* pour *Zâhir*.

2. Ibn-Bîbî (p. 183) prétend que les médecins lui avaient ordonné le séjour de Vîrân-Chéhir, où on lui apportait chaque jour de l'eau de l'Euphrate prise à Malaṭiyya, parce que l'eau de Sîwâs (le Qyzyl-Yirmaq) ne convenait pas à la maladie qui lui était survenue immédiatement après la terrible exécution de ses généraux, qu'il avait fait brûler vifs à la suite de l'insuccès de sa tentative sur Alep. La date de 616, au lieu de celle de 617 donnée par les historiens, est définitivement établie par des monnaies d'argent frappées à Qonya (Ghâlib-bey, *opus cit.*, p. 26). Vîrân-Chéhir, qui a plusieurs homonymes en Asie Mineure, est la localité marquée sur la carte de Kiepert, dans le Geukdilli-Dâgh, près du Séran-Sou (haut Séïḥoûn).

cite d'autres vers que ce prince aurait composés pendant s
maladie, et qu'il fit tracer sur la porte de son mausolée, dar
le *Dâr-ech-Chifâ* ou hôpital qu'il avait fait construire
Sîwâs[1] :

بز جهانی که ترک ایدب گتدک رنجنی دلده برک ایدب گتدک

شهدن کیرو نوبت[2] اردی سزه نته کم اول ارمشیدی بزه

« Nous, de ce monde que nous avons abandonné, nou
sommes parti en en gardant ferme les peines dans le cœur
A présent c'est votre tour, comme d'abord cela a été l
nôtre. » (Mètre *khafîf.*)

## N° 12.

Au dessus de la porte de l'enceinte extérieure de ce même caravansé
rail. Inscription tristique.

هذا العماره الخان المبارك فی ايام الدوله السلطان المعظم شاهنشه الاعظم
المالك الرقاب الامم سلـ السلاطين العرب والعجم عز الدنيا وا
لدين غيار الاسلام والمسلمين ابو الفتح كيكاوس بن كيخسرو بن لننوبانك
وسم امير المومنين خلد الله دولته العبد الضعيف المير بن المحتاج
الى رحمة الله بغا كحى عاى بن الحسين احسن الله عاقبته فی نعهسين
الايغز سنة سبع لربعين وستماية

Cette inscription est extrêmement incorrecte au point de
vue de la langue. Voici de quelle façon j'ai tenté de la restituer :

[عمّر] هذه العمارة [و]الخان المبارك فی أيّام دولة السلطان المعظّم شاهنشه
الأعظم المالك لرقاب الأمم سلـ[طان] سلاطين العرب والعجم عزّ الدنيا

1. Ibn-Bîbî, *ibidem.*
2. Le texte porte نوبت, dont le sens n'est pas satisfaisant.

والدين غيار الإسلام والمسلمين ابو الفتح كيكاوس بن كيخسرو بن كيقباد
قسيم امير المومنين خلّد اللّه دولته العبدُ الضعيف المير بن المحتاج الى رحمة
للّه بُغَا . . . . . على ابن الحسين أحسن اللّه عاقبته فى [تنغسيل الأيغر؟]
سنة سبع [و]اربعين وستمائة ❊

« [A élevé] cette construction et ce caravansérail béni, sous le règne du sultan magnifié, du grand roi des rois, du dominateur des peuples, du sultan des sultans arabes et persans, ʿIzz-ed-dounyâ w'èd-dîn, aide de l'islamisme et des musulmans, le victorieux Kaï-Kâous, fils de Kaï-Khosrau, fils de Kaï-Qobâd, le copartageant du Prince des croyants (que Dieu éternise son empire !), l'esclave faible, El-Mîr, fils de celui qui a besoin de la miséricorde de Dieu, Boghâ . . . . ʿAlî, fils d'El-Ḥoséïn (que Dieu lui accorde une belle fin !), dans l'année du Porc des Ouigours, année 647. »

Le nom d'Ali, fils d'El-Ḥoséïn, est rétabli d'après l'inscription du Tâch-Medressé d'Aq-Chéhir (nº 14 ci-après), où il est très lisible. L'année 647 de l'hégire compte depuis le 16 avril 1249 jusqu'au 5 avril 1250, et correspond à l'une des années du règne d'ʿIzz-ed-dîn Kaï-Kâous II. Son grand-père, ʿAlâ-ed-din Kaï-Qobâd Ier avait reçu du khalife, ainsi qu'on le voit par notre texte, le titre de *qasîm* ou copartageant du Prince des croyants; c'est ce que confirme Ibn-Bîbî en ces termes : « S'il venait une lettre de la part des khalifes, on lui (à Kaï-Qobâd) donnait les titres de Grand Sultan سلطانِ أعظم et de *qasîm* magnifié. » (Houtsma, III, p. 218, l. 8-9.) Si l'on admet la conjecture que je propose pour la lecture de la dernière ligne, il faut supposer تُنغُوزْ ئِيل = *toñgoûz-yil*, l'année du Porc du cycle duodénaire mongol. En ce cas, ce monument serait, à ma connaissance, le seul qui porterait trace de la suzeraineté du grand empire de l'Asie centrale. Ni les monnaies, ni les monuments étudiés jusqu'ici n'offrent le moindre indice d'une reconnaissance officielle de cette dépendance de fait.

Ghiyâth-ed-dîn Kaï-Khosrau II était mort en 644 (1246),

ainsi que nous l'avons établi plus haut d'une façon certaine à propos de l'inscription de Tchâï n° 9. Il laissait trois fils, ʿIzz-ed-dîn Kaï-Kâous II, Rokn-ed-dîn Qylydj-Arslân IV et ʿAlâ-ed-dîn Kaï-Qobâd II. La numismatique démontre que le premier régna d'abord seul; on a des monnaies de lui, frappées à Sîwâs et à Qonya en 644, 645 et 646 [1]; notre inscription permet d'ajouter à ces renseignements qu'en 647, tout au moins dans les débuts de l'année, il était encore reconnu comme seul régnant dans la région de Qonya (comparez l'inscription n° 35, plus loin). Puis nous trouvons, à Sîwâs seulement, une monnaie d'argent portant le nom de Rokn-ed-dîn Qylydj-Arslân IV et la date de 646. Il est évident, ainsi que l'a parfaitement démontré Ghâlib-bey, qu'en cette année ce dernier prince s'était soulevé contre son frère et régnait à Sîwâs. Notre inscription permet de conclure que Kaï-Kâous II, s'il perdit Sîwâs en 646, avait conservé Qonya et s'y maintint jusqu'au moment où, suivant le récit des historiens, les grands, d'un commun accord, associèrent à l'empire les trois fils du souverain défunt. « On disait la *khoṭba* en leur nom, fait remarquer Ibn-Khaldoûn [2], et les ordres étaient donnés en commun. » La monnaie portait leurs trois noms réunis [3]. Cette association à l'empire était, somme toute, une idée fort heureuse, puisqu'elle dura neuf ans, de 647 à 655 (monnaies frappées à Sîwâs, à Qonya et à Malaṭiyya). Voyons ce que les historiens nous apprennent durant ce laps de temps.

Ces trois princes eurent d'abord pour ministres les personnages suivants : le *çâḥib* Chems-ed-dîn Moḥammed el-Içfahânî était premier ministre; l'émir Djélâl-ed-dîn Qaraṭâï, d'une famille turque qui a laissé des monuments à Qonya (voir plus loin, n° 35), était son lieutenant; les fonctions de *mélik el-omérâ* (chef des émirs) étaient remplies par l'émir Chems-ed-dîn, celles de l'*atâbek* (commandant des troupes), par l'émir Asad-ed-dîn; le *pervânèdji* (grand chambellan) était l'émir

1. Ghâlib-bey, *op. laud*, p. 58 et suivantes.
2. T. V, p. 172.
3. Cf. les remarques de M. E. Drouin, dans le *Journal asiatique*, sept.-oct. 1892, p. 293; Hammer, *op. cit.*, t. I, p. 44, note 3; d'Ohsson, *Histoire des Mongols*, t. III, p. 92, qui ne cite pas ses sources.

Fakhr-ed-dîn ʿAṭâ [1], et le *nichândji* (garde des sceaux) l'émir Chems-ed-dîn Maḥmoûd. Ces ministres réglaient d'un commun accord les affaires de l'État ; mais leur entente ne dura pas fort longtemps, car le *çâḥib* Chems-ed-dîn avait conçu le projet de se faire accorder un pouvoir absolu. Il commença par éloigner Rokn-ed-dîn Qylydj-Arslân IV qui, en vertu du traité de paix précédemment conclu, dut se rendre à la cour du souverain mongol pour négocier, moyennant le payement d'un tribut, le retrait des troupes mongoles qui désolaient l'Asie Mineure. Ensuite il se débarrassa des ministres en faisant mettre à mort les uns et en exilant les autres, de sorte qu'il resta sans rival.

Mais cette fortune ne fut pas de longue durée. Un des officiers de la suite de Qylydj-Arslân IV, nommé Béhâ-ed-dîn Terdjumân (l'interprète), une fois arrivé à la cour de l'empereur mongol, accusa le *çâḥib* Chems-ed-dîn de ces méfaits, ainsi que, paraît-il, d'avoir épousé la veuve de Ghiyâth-ed-dîn Kaï-Khosrau II, mère d'ʿIzz-ed-dîn Kaï-Kâous II et de n'avoir pas attendu les ordres du suzerain pour introniser son beau-fils. Ces accusations, fondées ou non, eurent le plus grand succès, et l'empereur mongol déposa Kaï-Kâous, nomma à sa place Qylydj-Arslân et donna au dénonciateur la place du *çâḥib* Chems-ed-dîn.

Celui-ci eut l'idée d'envoyer à Qara-Qoroum un ambassadeur chargé de bien disposer en sa faveur, par de riches présents, les officiers de l'empereur ; mais cet émissaire ne fut pas plutôt arrivé à Erzingân qu'il apprit la venue prochaine de Qylydj-Arslân IV ; effrayé, il renonça à sa mission, devenue sans objet, et s'enfuit. Chems-ed-dîn tenta en vain d'emmener Kaï-Kâous de Qonya et de se réfugier dans une des villes de la côte de Qaramanie, Adalia ou ʿAlâiyya, d'où il était aisé de gagner l'étranger en cas d'insuccès ; il fut arrêté dans son entreprise et livré à ses ennemis, qui le mirent à mort. Une

1. *Târîkh Munedjdjim-bâchy*, t. II, p. 569, qui porte par erreur ʿAṭṭâr ; nous avons corrigé le nom de ce personnage d'après la tradition populaire encore aujourd'hui vivante à Qonya, qui appelle *Çâḥib ʿAṭâ* le ministre Fakhr-ed-dîn ʿAlî (voir plus loin inscriptions nos 50 et 51).

monnaie d'argent, frappée à Qaïçariyya en 652 (commençant le 21 février 1254) fixe, selon nous, la date de ces événements; elle ne porte, en effet, que les noms associés de Qylydj-Arslân IV et d'ᶜAlâ-ed-dîn Kaï-Qobâd II. La frappe en correspond naturellement à une époque où Kaï-Kâous II était considéré comme rebelle et déchu de ses droits au trône. Notons en passant que cette pièce est unique et n'existe que dans la collection de Ghâlib-bey.

Néanmoins les ordres de l'empereur mongol ne reçurent pas une entière exécution. D'après le *Tarikh Munèdjdjim-bâchy*, Qylydj-Arslân, à son arrivée, fut obligé de combattre; il fut défait par son frère Kaï-Kâous, pris et conduit auprès du vainqueur, qui lui pardonna et le prit dans ses bras; ils fondirent tous deux en larmes; ils restèrent ensuite, comme par le passé, associés à l'empire en compagnie de Kaï-Qobâd II, ce qui mit fin à ce désordre.

Ces trois souverains eurent alors successivement plusieurs ministres; leur choix s'arrêta enfin sur ᶜIzz-ed-dîn Atâbékî, homme de mérite, qui remit un peu d'ordre dans les affaires de l'État. Sur ces entrefaites, il arriva un ambassadeur mongol pour annoncer la destitution de Kaï-Kâous et l'inviter à se rendre à Qara-Qoroum pour se justifier; c'était, suivant Bar-Hebræus, cité par d'Ohsson (*Histoire des Mongols*, t. III, p. 95), deux ans après l'avènement au trône de Mangou, qui eut lieu le 1er juillet 1251 (*id. op.*, t. II, p. 253). A cette nouvelle, les trois rois furent extrêmement inquiets, et après avoir conféré longtemps ensemble, ils résolurent de déléguer auprès du suzerain leur frère cadet Kaï-Qobâd II, avec de nombreux présents, et de l'envoyer par la voie de la mer Noire et de la grande steppe de Tartarie, en compagnie de Séïf-ed-dîn Toronṭâï, un des affranchis de leur père, d'après Ibn-Khaldoûn.

A peine cette ambassade avait-elle éloigné de l'Asie Mineure l'un des associés du triumvirat, qu'ᶜIzz-ed-dîn Kaï-Kâous profita de cette occasion pour s'emparer par surprise de la personne de Qylydj-Arslân et de le retenir en captivité à Qonya. En même temps il faisait agir auprès de Bâtoû pour faire retenir la précédente mission et l'empêcher de parvenir à la cour de Mangou. Ses affidés ne réussirent qu'incomplètement, car Bâtoû ordonna que les uns et les autres iraient à Qara-Qoroum.

La mort d'ᶜAlâ-ed-dîn Kaï-Qobâd II, survenue pendant le voyage, vint simplifier la situation. Il faut fixer cet événement à l'année 655 (1257); c'est la dernière où les trois noms des frères associés apparaissent sur les monnaies, et elle figure également sur une monnaie du Qylydj-Arslân IV, frappée à Sîwâs. Mangou ordonna le partage de l'Asie Mineure en deux tronçons : la partie à l'ouest de Qyzyl-Yirmaq devait être le royaume de Kaï-Kâous, et la partie à l'est, jusqu'aux frontières des pays tartares, fixées alors à Erzeroum, à Qylydj-Arslân; mais cet arrangement ne paraît pas avoir été réalisé. Le *noyân* Bâïdjoû (Baïgoû بيكو dans le texte d'Ibn-Khaldoûn), commandant des troupes mongoles, qui siégeait à Qârç, envahit pour la troisième fois l'Asie-Mineure, sous le prétexte de retards apportés au paiement du tribut annuel, et marcha contre Kaï-Kâous. Les troupes que celui-ci envoya à sa rencontre sous les ordres d'Arslân Aï-Doghmych, un de ses officiers, furent battues entre Aq-Sérai et Qonya, malgré la présence d'un corps de soldats chrétiens commandés par Michel Paléologue, ancien gouverneur de Bithynie et futur empereur de Constantinople, qui s'était enfui à Qonya par crainte de Théodore Lascaris II. Le Seldjouqide dut battre en retraite et se réfugier dans la forteresse d'Adalia, qu'il quitta bientôt pour aller trouver l'empereur grec, alors à Sardes. Qylydj-Arslân IV, encore en prison, ce qui indique bien que le partage du royaume en deux tronçons n'avait pas été effectué, fut reconnu comme seul souverain par les Mongols vainqueurs. Ces événements se passèrent dans la période comprise entre 658 (1260) [monnaie de Kaï-Kâous frappée à Qonya à cette date] et 660 (1262) [monnaie de Qylydj-Arslân IV, de la même ville]. L'inscription d'Aq-Chéhir nᵒ 14 montre que Kaï-Kâous régnait encore seul en 659 (commençant le 6 décembre 1260), et qu'il faut rejeter tout au moins à l'année suivante de l'ère chrétienne, c'est-à-dire 1261, le récit des historiens byzantins qui nous fait voir Kaï-Kâous arriver à Nymphée (aujourd'hui Nîf, près de Smyrne) et se jeter dans les bras de Michel Paléologue, qui venait de se faire associer au trône par Jean Lascaris, successeur de Théodore. D'après les mêmes sources, Michel, d'accord avec les Mongols, aurait fait transporter à Nicée les femmes et les enfants du sultan fugitif[1].

Un récit, dont plusieurs historiens se sont faits l'écho, prétend qu'après la prise de Bagdad par Hoûlâgou (1258), Rokn-ed-dîn Qylydj-Arslân IV se serait porté à sa rencontre, mais ne l'aurait atteint que près de Tébriz, au retour de sa campagne sur le Tigre. Là même le souverain seldjouqide aurait été rejoint par son frère Kaï-Kâous, que l'empereur grec aurait craint de conserver près de lui, et qui serait retourné à Qonya se soumettre à Bâïdjou. Hoûlâgou aurait confirmé le partage fait précédemment entre les deux frères. Grâce à la prudence de leur ministre commun, le *çâḥib* Chems-ed-dîn Maḥmoûd, l'accord aurait régné entre les deux souverains jusqu'au moment où celui-ci mourut. Pour le remplacer, Kaï-Kâoûs aurait fait choix de Fakhr-ed-dîn ʿAlî, et Qylydj-Arslân de Muʿîn-ed-dîn Soléïmân. Celui-ci aurait eu l'ambition de réunir les deux principautés sur la tête de son maître, et pour y arriver aurait eu l'art de se ménager, par des présents, la complicité du *noyân* Alendjaq, résident mongol, qui aurait représenté Kaï-Kâous comme prêt à la révolte et allié secrètement au sultan d'Égypte ; de sorte que Hoûlâgou, trompé par ces fausses apparences, l'aurait destitué. Finalement Kaï-Kâous, au désespoir, aurait repris la route de l'exil.

Ce récit, qui n'a guère pour lui que l'autorité du *Târîkh Munèdjdjim-bâchy*, ne paraît ni très vraisemblable, ni d'accord avec les monuments. Il n'y a plus de monnaies de Kaï-Kâous II après 658, tandis que Qylydj-Arslân continue à en frapper à Sîwâs jusqu'en 662, et à Qonya jusqu'en 663. En joignant ces indications à celles que fournit l'inscription d'Aq-Chéhir n° 14, il me semble évident qu'il y a là un doublet du récit des intrigues qui précédèrent l'entrée en scène des Mongols. Il faut, suivant nous, rayer définitivement de l'histoire le récit qui précède.

ʿIzz-ed-dîn Kaï-Kâous II se rendit à Constantinople lorsque l'empereur Michel Paléologue en eut pris possession le 15 août 1261. Les historiens musulmans prétendent qu'il conspira

1. Le Beau, *Histoire du Bas-Empire*, t. XXII, p. 148.

contre l'empereur, ce qui fut cause de sa relégation dans le château d'Enos, avec ses deux fils, tandis que les beys qui l'accompagnaient furent passés au fil de l'épée; mais les historiens byzantins ne parlent pas de ce complot. Il serait resté longtemps enfermé dans cette forteresse, sans une tentative hardie de Barkaï-Khan, de la branche de Djoûtchî, qui avait épousé la tante maternelle de Kaï-Kâous. Au milieu de l'hiver, ce chef passa le Danube sur la glace, s'avança jusqu'à Constantinople et délivra le prisonnier d'État, qu'il emmena avec lui en retournant dans son pays. Par malheur, Barkaï-Khan étant mort près de Séraï, son fils, Mangou-Timoûr, persuadé que le prince seldjouqide lui avait porté malheur, confina ce dernier dans une bourgade sur le bord de la mer, en Crimée, où il passa dix-huit ans, au bout desquels il mourut de maladie et de chagrin[1].

Rokn-ed-dîn Qylydj-Arlân IV fut assassiné en 663 (commençant le 24 octobre 1264). Son ministre, Qiwâm-ed-dîn, s'était emparé de tous les ressorts de l'État et avait réduit son maître au rôle de roi fainéant. Celui-ci ayant, un jour, en état d'ivresse, menacé de se rendre à la cour de l'empereur mongol pour se plaindre de cette situation, le ministre, informé immédiatement par ses espions, prit peur, acheta les chefs de la garnison mongole et fit assassiner son maître sous le vain prétexte d'une révolte projetée contre le suzerain. Son fils Ghiyâth-ed-dîn Kaï-Khosrau II, alors âgé de deux ans et demi, lui succéda.

Que penser d'une monnaie d'argent de la collection Ghâlib-bey, qui porte le nom d'ʿAlâ-ed-dîn Kaï-Qobâd, fils de Kaï-Khosrau, c'est-à-dire de Kaï-Qobâd II, que les historiens nous affirment être mort dans la grande steppe, au cours de sa mission en Tartarie? Cette pièce n'a pas de marque d'atelier monétaire, mais elle porte, en toutes lettres mélangées de chiffres *diwânîs*[2] la date de 663, l'année même de la mort de Rokn-

1. Comparez une version différente dans Le Beau, *op. cit.*, t. XXII, p. 242 et suivantes. — D'Ohsson, *Histoire des Mongols*, t. III, p. 479, donne la date de 1279 pour celle de la mort de Kaï-Kâous.

2. Voir sur cet emploi mixte des chiffres *diwânîs*, Ghâlib-bey, *op. laud.*, p. 56.

ed-dîn Qylydj-Arslân IV et de l'avènement de son successeur Kaï-Khosrau III. La suppression, à l'avers, du nom du khalife la fait immédiatement reconnaître pour être postérieure à la prise de Bagdad par Hoûlâgou. Une hypothèse qui ne s'est pas présentée à l'esprit du rédacteur du catalogue de cette collection de monnaies, c'est que quelque imposteur aura tenté de se faire passer pour Kaï-Qobâd II, mort en Tartarie, et aura fait frapper des pièces en son nom. Outre que c'est un cas fréquent dans l'histoire, il ne faut pas oublier que, lorsque Mohammed-bey, fils de Qaramân, s'empara de Qonya pendant la campagne de Béïbârs en Asie Mineure, en 675 (1277), il fit reconnaître comme souverain un prétendu fils d'Alâ-ed-dîn Kaï-Qobâd, qui se nommait réellement Djèmèri ou Houmri et qui, pour la circonstance, aurait été revêtu du titre de Ghiyâth ed-dîn Syâvèch[1]. La monnaie en question peut avoir été frappée à l'occasion de revendications analogues. Nous donnons cette hypothèse pour ce qu'elle vaut.

## VII

### *Aq-Chéhir.*

N° 13.

**Dans l'encadrement du portail du Tâch-Medresé, au-dessus de la porte d'entrée; inscription tristique.**

1 امر بعمارة هذه المدرسة المباركة فى ايام دولة سلطان الاعظم شاهنشاه المعظم ظلّ الله فى العالم

2 عز الدنيا والدين ابو الفتح كيكاوس بن كيخسرو بن لغان امير المومنين خلد الله علاصا حبهها العبد الضعيف

**1. Les historiens, d'accord sur le fond de cet épisode, sont remplis de contradictions au sujet du nom des personnages. Nous avons tâché de nous maintenir dans les limites de la version la plus plausible. Cf. d'Ohsson, *Histoire des Mongols*, t. III, p. 489 et suivantes; Hammer, *op. cit.*, t. I, p. 264.**

3 الراجى رحمة ربه اللطيف ابو المعالى فحل الدولة والدين على بن
الحسن اميرداد عفى الله له ولجميع المسلمين فى تاريخ محرم سنة
ىما ـــ الر عشر وستمايه

« A ordonné la construction de ce collège béni, sous le règne du grand sultan, du roi des rois magnifié, ombre de Dieu dans l'univers, ᶜIzz-ed-dounyâ w'èd-dîn, le victorieux Kaï-Kâous, fils de Kaï-Khosrau, fils de [la Preuve] du prince des croyants (que Dieu éternise l'élévation de ses deux maîtres !), l'esclave faible et qui espère en la miséricorde de son doux Seigneur, Abou'l-Maᶜâlî, l'étalon de l'empire et de la religion, ᶜAli ben Ḥasan Emîrdâd (que Dieu lui pardonne ainsi qu'à tous les musulmans !), dans le mois de moḥarrem de l'année 61[.]. »

Je lis برهان à la 2ᵉ ligne, au lieu de لغان, et je renvoie le lecteur aux explications que j'ai données plus haut à propos de l'inscription nᵒ 11 d'Isḥâqly. — La date est incertaine; on serait tenté de lire ثمانية عشر, mais la date de 618 ne correspond pas au règne d'ᶜIzz-ed-dîn Kaï-Kâous Iᵉʳ, qui se termine en 616, ainsi qu'il résulte de la comparaison entre elles de trois inscriptions de Qonya (nᵒˢ 25, 26 et 27, plus bas) et du témoignage des monuments de la numismatique. Je crois qu'il faut lire ثلاثة عشر; la date de moḥarrem 613 correspondrait à la période 20 avril-19 mai 1216.

Nous nous sommes suffisamment étendu sur le règne d'ᶜIzz-ed-dîn Kaï-Kâous Iᵉʳ à propos de l'inscription nᵒ 11 d'Isḥaqly; nous n'y reviendrons pas. Nous noterons seulement qu'après la délivrance de Qaïçariyya et la fuite de Kaï-Qobâd Iᵉʳ, ce souverain donna le poste de secrétaire d'État انشا ومكتوباتى à Khʷâdjèh Fakhr-eddîn ᶜAlî Tébrîzi, qui n'avait pas son pareil dans le monde pour la calligraphie et le choix des expressions éloquentes[1]. Serait-ce le même que l'auteur de notre inscription? Je ne le crois pas, malgré la similitude des titres فحل et فخر et du nom d'ᶜAlî.

1. Houtsma, *op. laud*, III, p. 105.

## N° 14.

**Même endroit, sur une pierre posée à terre contre le mur du Tâch-Médrésé. Inscription tristique.**

1 عمر هذا الخانقاه في ايام دولة سلطان الاعظم ظل الله في العالم عزا

2 لدنيا والدين ابو الفتح كيكاوس بن كيخسرو . . . . . سلطان الصاحب
الاعظم الوزير المعظم

3 فخر الدولة والدين على الحسين تقبل الله اعماله وبلغه في الدارين اماله
في سنة تسع خمسين وستمايه

« A construit ce couvent, sous le règne du grand sultan, ombre de Dieu dans le monde, ᶜIzz-ed-dounyâ w'èd-dîn, le victorieux Kaï-Kâous, fils de Kaï-Khosrau . . . . . . sultan, le *çâḥib* illustre, le ministre magnifié, gloire de l'empire et de la religion, ᶜAlî [fils de] El-Ḥoséïn (que Dieu accepte ses actes et lui fasse atteindre, dans ce monde et dans l'autre, l'objet de ses désirs!). An 659. »

L'an de l'hégire 659 va du 6 décembre 1260 au 26 novembre 1261. Ce monument est donc l'un des derniers du règne d'ᶜIzz-ed-dîn Kaï-Kâous II; il a une importance historique remarquable, en ce qu'il démontre pleinement que ce prince régnait encore à Qonya à cette date. Cela précise l'époque où Rokn-ed-din Qylydj Arslân IV fut installé définitivement sur le trône des Seldjouqides de Roûm avec l'aide tout-puissant des Mongols. C'est entre 659 et 660 qu'il faut placer cet événement (voir ci-dessus, inscription d'Isḥâqly n° 12).

Il porte en outre une indication précieuse, c'est celle du nom de son vizir, le *çâḥib* Fakhr-ed-din ᶜAli, fils d'El-Ḥoséïn. Cette mention me fait penser que le récit qu'on trouve dans les historiens, de la soumission de Kaï-Kâoûs à Baïdjou après avoir quitté Théodore Lascaris, de la confirmation du partage de

'Asie Mineure par Hoûlâgou, et des intrigues du ministre de Qylydj Arslân IV avec les Mongols, n'est qu'une légende, un doublet du récit des circonstances qui ont entouré la première entrée en scène des conquérants de l'Asie centrale, et qui aura été interpolé par la négligence du rédacteur (voir ci-dessus l'inscription n° 12).

## N° 15.

Séïd Maḥmoûd Turbési. Pierre encastrée dans le mur, à droite en entrant.

1 اتفق عمارة هذا المسجد فى ايام دولة السلطان المعظم

2 علا الدنيا والدين كيقباد بن كيخسرو بن نعان امير المومنين

3 على يدى العبد الضعيف المحتاج الى رحمة الله تعالى فرخشاه بن

قلبتى [?]

4 القونيوى فى تاريخ غرة ربيع الاول سنة احدى وعشرين وستمايه

« A eu lieu la construction de cette mosquée, sous le règne du grand sultan, ʿAlâ-ed-dounyâ w'éd-dîn Kaï-Qobâd, fils de Kaï-Khosrau, fils de la Preuve du prince des croyants, par les soins du pauvre esclave qui a besoin de la miséricorde du Dieu très haut, Fèrroukh-châh, fils de Qalbataï (?), de Qonya, à la date du 1er rébîʿ I 621. »

Je lis برهان à la 2e ligne, au lieu de نعان. La lecture قلبتى, à la fin de la 3e ligne, est indiquée comme douteuse sur ma copie. La date de cette inscription correspond au 23 mars 1224. Parmi les titres honorifiques énumérés dans ce texte, on ne trouve pas celui de ابو الفتح, qui figure dans les inscriptions de Qonya (nos 23, 26, 27, 29 et 30) et sur quelques-unes de ses monnaies (Fræhn, *Nova Supplem.*, p. 59, n° 7a; Ghâlib-bey, *op. laud.*, p. 26 et 29). Nous traiterons plus longuement de Kaï-Qobâd Ier à propos des inscriptions de Qonya.

## N° 16.

**Même endroit. Sur la porte du *turbé* lui-même; on n'a pu déchiffrer que les mots suivants :**

الله

امر بتجديد هذا التربة المطهرة . . . . .

. . . . . . . . . . . الاوليا سيد

السادات المويد . . . . . فى السموات

سيدى محى الدين بن سيدى على بن سيدى

محى الدين بن سيدى محمود . . . . . .

وايد جه عليم فى شهور سنة اثنى عشر وثمانمائة

« Dieu ! a ordonné la reconstruction de ce tombeau purifié . . . . . . . .. des saints, le seigneur des seigneurs, celui qui est aidé . . . . . . . . dans les cieux, Sayyidî Mouhyi'd-dîn, fils de Sayyidî ᶜAlî, fils de Sayyidî Mouhyi'd-dîn, fils de Sayyidî Maḥmoûd . . . . . . . . . . dans le courant de l'année 812. »

L'année 812 de l'hégire commence le 16 mai 1409 pour finir le 6 mai 1410. Ce monument est connu à Aq-Chéhir sous le nom de tombeau de Séïd Maḥmoûd Khéïrâni. Il résulte de l'inscription ci-dessus qu'il a été édifié à nouveau par l'arrière-petit-fils de celui qui y est enterré.

## N° 17.

**Sur une brique émaillée, au premier étage du même monument, à gauche de la porte d'entrée.**

اعمل احمد بن عبد الله الموصلى

« Travail d'Aḥmed ben ᶜAbd-Allah, de Mauçil. »

Je lis حبل. La reconstruction du turbé de Maḥmoud Khéïrâni remontant aux débuts du xv^e siècle de notre ère, cette signature d'une brique émaillée indique qu'à cette époque ce travail de décoration, d'origine persane, était fait en Asie Mineure par des ouvriers arabes des bords du Tigre.

N° 18.

Tombeau de Naçr-ed-dîn Khodja, au centre du cimetière musulman, sur la stèle antérieure.

هذه التربة المرحوم

الغفور نصر الدين

افندى روحنه

فاتحه ٣٨٦

« Ce tombeau [est celui] du défunt pardonné, Naçr-eddîn Éfendi. (En turc :) [Lisez] la *Fâtiḥa* pour son âme. 386. »

Les trois chiffres qui terminent cette inscription occupent la place ordinairement réservée à la date du monument; mais il est inutile de faire voir que, dans le cas présent, ils ne peuvent avoir cette signification. Les traditions qui composent toute l'histoire légendaire du célèbre diseur de sottises se rattachent au séjour de Tamerlan en Asie Mineure, c'est-à-dire aux premières années du xv^e siècle de notre ère[1]. On dirait que la pseudo-date de son tombeau est une facétie posthume, la dernière sottise de l'homme en qui la légende a voulu incarner l'esprit humoristique, bien que grossier, du peuple turc et qui partage avec Qara-Geuz une renommée universelle. Le tombeau de Naçr-ed-dîn Khodja à Aq-Chéhir est signalé par Hadji-Khalfa dans le *Djihân-Numâ* (p. 619).

1. Cf. M. J. Darmesteter, *Rapport annuel*, dans le *Journal asiatique*, 1893, t. II, p. 129.

N° 19.

Sur une fontaine, au coin d'une rue, non loin de l'hôtel du gouvernement.

جدد هذه الخازنة فى ايام دولة السلطان

محمد مراد مصطفى سنة سبع وسبعين وثمانمايد
بسبع

« A été reconstruit ce magasin (ou ce château d'eau ?) sous le règne du sultan Moḥammed, [fils de] Mourâd, [fils de] Moçṭafâ, en l'an 877. »

L'an 877 commence le 8 juin 1472 et finit le 20 mai 1473. Cette inscription, qui porte le nom du sultan ottoman Moḥammed II, est donc postérieure de vingt ans à la prise de Constantinople.

VIII

*Tchèrkès-Keuï.*

Village d'émigrés circassiens, à une heure et demie à l'est d'Ilghin, sur la route de Qadyn-Khân.

N° 20.

Stèle taillée dans une colonne antique, sur le pont de Tchèrkès-Keuï.

تاريخ بنتها فى شهر رجب المرجب

سنة اربع عشرين وتسعمائة

الصاحب بادردم بن الـــــا
وها

من شهر اقسراى معمار سوها لد

Je lis تأريخ بنيّتها à la 1re ligne (sous-entendu القنطرة ?).

« Date de sa construction : dans le mois de rédjeb vénéré de l'an 924. Le maître . . . . . . fils d'El . . . . . de la ville (*sic*, mot persan) d'Aq-Sérâï, architecte . . . . . »

La date de ce monument correspond à juillet 1518 et au règne de Sélîm Ier.

## IX

*Qadyn-Khân.*

N° 21.

Au-dessus de la porte d'entrée du magasin des dîmes.

السلطا

اللهم ارحم ما . . . . .

لصاحبه ارصبا حاربو . .

تات محرود . . . . .

في سنة عشرين وستمايه

« [Monument] impérial. O Dieu! aie pitié . . . . . . . à son possesseur . . . . . . . . . . . . . . . Année 620. »

Je lis اللهمّ à la première ligne. Ce texte est dans un mauvais état de conservation. L'année 620 correspond à la période s'étendant du 4 février 1223 au 23 janvier 1224, et par conséquent au règne de Kaï-Qobâd Ier.

## X

*Doqoûz-Khâné Dervendi.*

N° 22.

الله

توكلت على

عمارة هذا الرباط في ايام دولة السلطان

المعظم غياث الدنيا والدين ابو الفتح كيخسرو بن قلج ارسلان

ناصر امير المومنين صاحبه العبد الضعيف الفقير [المحتاج] الى رحمة
الله تعالى حاجى ابرهيم وبدا الامير لاذشان فى تا
ريخ محرم سبع وستمايه عمل عثمان ابو عبد الرحمن

« J'ai mis ma confiance en Dieu ! [A ordonné] la construction de ce caravansérail[1] sous le règne du sultan magnifié, Ghiyâth-ed-dounyâ w'èd-dîn, le victorieux Kaï-Khosrau, fils de Qylydj-Arslân, aide du Prince des croyants, son *çâḥib*, humble serviteur, pauvre qui a besoin de la miséricorde du Dieu très haut, Hâdjî Ibrahim, [fils de ?] l'émir Lâdhichân (?), à la date du mois de moḥarrem 607. Œuvre d'ᶜOthmân, père d'ᶜAbd-er-Raḥman. »

Le mois de moḥarrem de l'an 607 a commencé le 25 juin 1210. Seulement il y a lieu de faire observer que ma copie, telle qu'elle a été prise sur le monument lui-même, indique comme douteuse la lecture du mot سبع dans l'énoncé de la date. Nous avons déjà dit, au sujet de l'inscription n° 11 d'Isḥâqly, dont la date est également 607, qu'il faut faire remonter à l'année précédente la mort de Kaï-Khosrau Ier, si l'on admet qu'une monnaie d'argent de la collection Ghâlib-bey, frappée à Qonya par Kaï-Kâous Ier, porte la date de 606, mais c'est douteux (voir inscription n° 55). Les mots ستة, ست et سبع sont très aisés à confondre dans l'écriture de cette époque. Il se peut néanmoins que l'inscription du caravansérail de Doqoûz-Khâné ne soit que de 606 ; la date indiquée correspondrait alors à juillet 1209.

Le titre de المعظم est celui que porte Ghiyâth-ed-dîn Kaï-Khosrau Ier sur ses monnaies ; j'attribue à une erreur la lecture الاعظم que l'on trouverait sur une monnaie frappée à Qonya en 605, et qui est au cabinet de Saint-Pétersbourg (Fræhn, *Nova Supplementa*, p. 68).

1. Sur le mot *ribâṭ* « caravansérail destiné aux voyageurs », par opposition à *khân*, destiné aux marchands, voir Belin, *Étude sur la propriété foncière en pays musulman*, p. 89 du tirage à part.

# DEUXIÈME PARTIE

## *Qonya.*

### N° 23.

Mosquée d'ʿAlâ-ed-dîn ; façade principale. 1re inscription.

امر بتمام هذا الجامع المبارك
السلطان المعظم علا الدنيا والدين
ابو الفتح كيقباد ابن السلطان الشهيد
كيخسرو قلج ارسلان برهان امير المومنين

« A ordonné l'achèvement de cette mosquée bénie, le sultan magnifié ʿAlâ-ed-dounyâ w'èd-dîn, le victorieux, Kaï-Qobâd, fils du sultan martyr Kaï-Khosrau, [fils de] Qylydj-Arslân, preuve du prince des croyants. »

Je lis باتمام à la première ligne; d'ailleurs le sens ne fait pas le moindre doute, car nous verrons plus loin (n° 25) que c'est Kaï-Kâous Ier, frère et prédécesseur de Kaï-Qobâd Ier, qui a ordonné la construction de la mosquée connue aujourd'hui sous le nom d'ʿAlâ-ed-dîn (comparez les nos 26 et 27, plus loin). Cette inscription est la première que l'on rencontre à gauche en longeant la façade de la mosquée pour atteindre la porte d'entrée située à l'extrémité ouest de cette même façade.

Nous avons vu plus haut, à propos de l'inscription n° 11 d'Isḥâqly, qu'ʿIzz-ed-dîn Kaï-Kâous Ier était mort à Vîrân-chéhir en 616 (1219), date sur laquelle sont d'accord, par extraordinaire, Ibn-el-Athîr (éd. Thornberg, t. XII, p. 231), Ibn-Khaldoûn (t. V, p. 170), le *Târîkh Munedjdjim-bâchy* (II, p. 565) et les monnaies. Les émirs cachèrent d'abord sa mort et tinrent un conseil général dont le secret fut bien gardé. Certains penchaient pour Moghîth-ed-dîn Mélik, fils de

Toghrul-châh, prince d'Erzeroum, d'autres pour Kaï-Féridoûn, fils de Kaï-Khosrau I$^{er}$ et frère du défunt; mais l'émir Mobâriz-ed-dîn Behrâm-châh et l'émir Séïf-ed-dîn Aïbèh, qui comptaient de nombreux partisans à cause de leur libéralité sans bornes, firent pencher la balance en faveur de Kaï-Qobâd, que le conseil se décida à donner pour successeur à Kaï-Kâous I$^{er}$, malgré ses airs altiers et sa morgue. Ce prince était toujours en prison, depuis que son frère s'était emparé d'Angora, et il était enfermé, sinon à Malaṭiyya, du moins dans la forteresse de Gozèrpîrt où on l'avait transféré [1]. C'est là que la nouvelle de son élection vint le trouver. Il se rendit rapidement à Vîrân-Chéhir, put voir le corps de son frère avant qu'on le transportât à Sîwâs, et porta le deuil en satin blanc pendant trois jours, au bout desquels on célébra les fêtes de l'intronisation.

Le nouveau souverain ne tarda pas à se rendre à Sîwâs, où il passa quelque temps à mettre en ordre les affaires de l'État; puis il continua sa route vers Qonya, où il arriva après avoir fait un court séjour à Qaïçariyyé et à Aq-Séraï. Là il reçut bientôt l'ambassade du saint personnage Chihâb-ed-dîn Abou-ʿAbdallah ʿOmar ben Moḥammed-es-Sohrâwerdî, qui avait été chargé par le khalife Nâçir-lidînillah de porter au nouveau souverain le diplôme qui lui conférait le titre de sultan et de lieutenant du khalife pour le Roûm, l'Arménie et le territoire de Diarbékir, ainsi que le sabre et l'anneau, insignes de ses fonctions.

Sa première campagne fut dirigée contre la forteresse de Kalonoros [2], dépendante du royaume des Roupéniens de la petite Arménie. Cette place, qui avait repoussé en plein hiver un premier assaut infructueux, capitula après deux mois d'in-

1. Textes publiés par M. Houtsma, t. III, p. 189.

2. J'adopte la correction proposée par M. Houtsma, *id. opus*, p. 227, d'après la transcription arménienne. C'est le grec *καλὸν ὄρος*, que l'on retrouvé aisément dans le nom donné à l'ancienne Coracesium de la Cilicie montagneuse par les chroniqueurs et les chartes du moyen âge, *Candelor* ou l'*Escandelour*. Cf. Mas-Latrie, *Histoire de Chypre*, t. I, p. 216, et t. II, p. 61 et 64; V. Langlois, *Voyage dans la Cilicie*, p. 172. Le *Târikh Munedjdjim-bâchy*, t. II, p. 566, a une excellente leçon : كلونورس.

vestissement. Son gouverneur reçut le titre et les fonctions de bey d'Aq-Chéhir, et Kaï-Qobâd, en prenant possession de sa nouvelle conquête et en l'embellissant de nouvelles constructions, lui donna le nom d'ʿAlâiyya, qu'elle a conservé jusqu'à nos jours, et qui est dérivé de son surnom d'ʿAlâ-ed-dîn[1]. Pendant qu'il s'en retournait à Adalia, la forteresse d'Alâra, située sur le bord de la mer entre ces deux villes, capitula également.

Ces événements précédèrent la construction des murs de Qonya et de Sîwâs, qui eut lieu en 618 (commençant le 25 février 1221), comme nous le verrons plus loin (inscription n° 48). C'est probablement au commencement de 617 qu'il conviendra de placer la campagne dirigée contre ʿAlâ'iyya.

Kaï-Qobâd était à Qaïçariyya lorsque Moḥyi'd-dîn Ibn-el-Djoûzî, envoyé en mission par le khalife, vint l'y trouver. Il s'agissait d'obtenir du souverain seldjouqide du secours contre les Mongols, qui faisaient alors la guerre au sultan Moḥammed Khʷârezm-châh, et qui menaçaient Baghdâd. Tout en s'excusant de ne pas se rendre en personne à l'invitation du khalife abbasside, sous le prétexte que son absence serait le signal de troubles en Asie Mineure, il envoya en Mésopotamie plus de cinq mille hommes de troupes, qui vinrent camper sous les murs de Mossoul. Pendant qu'ils s'y trouvaient encore, la nouvelle arriva que les Mongols avaient, pour cette fois, renoncé à entreprendre la campagne que l'on craignait. Les auxiliaires seldjouqides, comblés de présents, regagnèrent les hauts plateaux de la Lycaonie et de la Cappadoce. Cela se passait dans la même année 618, lorsque les Mongols, après avoir pris et ruiné Mérâgha et Hamadân, se dirigèrent ensuite vers la Géorgie (Ibn-el-Athîr, XII, p. 246 et suivantes).

Plus tard Kaï-Qobâd fut préoccupé de l'attitude de certains grands personnages de sa cour, notamment de l'émir Séïf-ed-dîn Aïbèh, qui remplissait auprès de lui les fonctions si déli-

1. La forme grammaticale est علائية, mais la forme vulgaire علايا s'est imposée de bonne heure, et c'est cette dernière que l'on rencontre chez les historiens arabes. Cf. Abou'l-Féda, *Géographie*, p. 381; Ibn-Batoûta, *Voyages*, t. II, p. 255 et 257.

cates, auprès d'un potentat oriental, de *tchâchnî-guîr* ou dégustateur, et qui avait si puissamment contribué à le faire monter sur le trône. D'autres encore lui étaient également suspects, tels que Zéïn-ed-dîn Béchârèh, chef des écuries, Mobâriz-ed-dîn Behrâm-châh, *émîr-i medjlis* (chef de l'assemblée), et Béhâ-eddîn Qotloûdjèh[1]; mais c'était surtout Aïbèh qui lui portait ombrage; il était devenu tout-puissant. Ce qui mit le comble à l'indignation du sultan, c'est qu'un garçon ivre dévoila un complot que ces personnages tramaient, et qui avait pour but de le remplacer par son frère Kaï-Féridoûn. La prudence du sultan, qui refusa de se rendre à une invitation à souper, déjoua leurs projets; mais il fut obligé de dissimuler son ressentiment. Profitant de ce qu'il passait un hiver à Adalia, il s'ouvrit à deux de ses confidents les plus intimes, Séïf-ed-dîn, connu sous le sobriquet de *Fils de l'escamoteur* (Hoqqa-bâz oghlou), et l'émîr Kèmnânos, dont le nom rappelle l'illustre famille des Comnène[2]. Ceux-ci, craignant le gouverneur d'Adalia, qui était du parti d'Aïbèh, conseillèrent au sultan d'attendre le printemps, saison dans laquelle, suivant son habitude, il se rendait à Qaïçariyya; c'est là que se présenta l'occasion de donner cours à sa vengeance. On attira les conjurés à un festin, au sortir duquel ils furent pris un à un. L'émîr Séïf-ed-dîn Aïbèh eut beau faire valoir que c'était lui qui, entre autres services, avait tiré Kaï-Qobâd de prison : on lui trancha la tête; Zéïn-ed-dîn Béchârèh mourut de faim dans une maison dont on avait condamné la porte; les autres furent envoyés en prison dans des forteresses lointaines[3].

S'il faut en croire l'historien turc Djenâbi, cité par Hammer[4], Kaï-Qobâd, entraîné à la guerre par son alliance avec Mélik El-Achraf, prince éyyoubite d'Édesse, neveu de Saladin, enleva

1. Houtsma, *op. laud.*, p. 271.

2. Jean, fils d'Isaac Comnène et neveu de l'empereur Calojean, était passé aux Turcs en l'an 1140; ce transfuge se fit musulman, épousa la fille du sultan d'Icône (Mas'oûd), fut appelé *Zélébis* (Tchélébî) et eut un fils nommé Soliman-châh (Le Beau, *op. laud.*, t. XIX, p. 76). C'est probablement de ce fils qu'il est ici question.

3. Houtsma, *ibidem*, p. 277.

4. *Histoire de l'Empire ottoman*, t. I, p. 35.

quelques forteresses à Mélik El-Kâmil Moḥammed, fils aîné de Mélik El-ᶜAdil, et frère de son allié, en 622 (1225). L'année suivante, 623, dans le mois de chaᶜbân (août 1226)[1], le même motif le porta encore à faire campagne contre les possessions du prince ortokide d'Amid, Mélik Masᶜoûd ben Çâliḥ, qui s'était allié avec Djélâl-ed-dîn Khʷârizm-châh (Mango-birti) et Mélik El-Moᶜazzam, prince de Damas, contre El-Achraf. Il s'empara, par capitulation après un combat, de la forteresse de Kâkhta; puis il tenta l'attaque de celle de Tchimichgèzâk, qui résista à un premier assaut; on fit intervenir alors des mineurs, dont les travaux décidèrent la reddition de la place[2]. La prise de ces deux forteresses décida le prince ortokide à se raccommoder avec El-Achraf, qui le fit savoir à Kaï-Qobâd et l'invita à restituer les localités conquises; mais le Seldjouqide refusa, disant qu'il n'était pas le lieutenant d'El-Achraf pour recevoir ses ordres[3].

L'année suivante, c'est-à-dire en 624 (1227), Kaï-Qobâd eut l'idée de s'allier par mariage avec les fils de Mélik El-ᶜAdil en épousant leur sœur. Il envoya pour cet objet un ambassadeur à Damas, où se trouvait la princesse, auprès de Mélik El-Moᶜazzam, qui venait de se raccommoder avec son frère Mélik El-Achraf; l'envoyé ramena la mariée à Malaṭiyya.

En 625 (1228), profitant de ce que son vassal Daoûd-châh, fils de Behrâm-châh, prince d'Erzingân, était venu le rejoindre en vue du siège projeté d'Erzeroum, Kaï-Qobâd le fit saisir par surprise et confisqua purement et simplement sa principauté.

La forteresse de Kémâkh résista; mais Dâoud-châh, cédant aux menaces de Kaï-Qobâd, envoya l'ordre de la livrer. Puis l'armée, remontant le cours de l'Euphrate occidental, marcha sur Erzeroum où régnait Toghrul-châh, fils de Qylydj-Ars-

1. Ibn-el-Athîr, t. XII, p. 299.

2. Houtsma, *op. laud.*, p. 291. Ibn-Bîbî ne parle pas de la prise d'Hiçn-Mançour, mentionnée dans Ibn-el-Athîr; quant à Tchimichgèzâk, ce nom est aisé à reconnaître dans le شمكزاد de l'édition Tornberg.

3. Ibn-el-Athîr, *loco laud.* Cela est plus vraisemblable que la version d'Ibn-Bîbî, qui prétend que Mas'oûd aurait accepté d'être le vassal du souverain de Qonya. Ibn-Khaldoûn n'a que des renseignements inexacts, dont il paraît lui-même peu sûr.

lân II et oncle de Kaï-Qobâd[1]. Celui-ci se déclara vassal de Mélik El-Achraf, et Hosâm-ed-dîn, qui commandait pour celui-ci à Akhlâṭ, envoya des troupes qui renforcèrent la garnison d'Erzeroum, ce qui obligea Kaï-Qobâd à renoncer à son projet et à ne garder, pour tout bénéfice de cette campagne, que la principauté d'Erzingân. D'ailleurs les Grecs venaient de reprendre Sinope, et le sultan de Qonya s'empressa d'envoyer contre eux une armée qui ne tarda pas à réoccuper cette ville. Puis il alla passer l'hiver à Adalia, comme d'habitude[2].

A la fin de 626 (1229), Djelâl-ed-dîn Khʷârezm-châh s'était emparé d'Akhlâṭ qui reconnaissait, comme nous venons de le voir, la souveraineté de Mélik El-Achraf, et le prince d'Erzeroum avait profité de ce succès pour quitter le parti du prince éyyoubite et se réclamer du sultan du Khʷârezm. Kaï-Qobâd, inquiet, demanda l'aide de Mélik El-Achraf, qui vint le rejoindre à Sîwâs avec les troupes de la Mésopotamie et de la Syrie. L'armée réunie des Seldjouqides et des Éyyoubites rencontra près d'Erzingân celle de Djélâl-ed-dîn qui, ne se sentant pas en force, battit en retraite sans combattre et se retira sous les murs de Khoï, dans l'Adherbaîdjân, en évacuant la citadelle d'Akhlâṭ. Le prince d'Erzeroum avait été fait prisonnier dans cette déroute ; sa capitale fut livrée à Kaï-Qobâd vainqueur. Enfin la paix fut conclue entre les belligérants, sur la base du *statu quo post bellum*. Ces événements avaient eu lieu dans le cours de l'année 627 (1230) ; Abou'l-Fédâ fixe même au 29 ramadân (11 août) la rencontre qui décida Djélâl-eddîn Mango-birti à la retraite[3].

En 631 (commençant le 7 octobre 1233), Kaï-Qobâd se vit attaquer par une coalition des princes éyyoubites, fomentée par Mélik el-Kâmil, fils aîné de Mélik el-ʿAdil et sultan

1. Et non son cousin, comme le portent à tort le texte d'Ibn-el-Athîr (XII, p. 312) et celui d'Ibn-Khaldoûn (V, p. 171). Dans ce dernier, ابن عمر est une faute d'impression évidente pour ابن عمّه ; de même طغرك pour طغرل.

2. Ibn-el-Athîr, t. XII, p. 313, où il faut lire انطالية au lieu de انطاكية qe porte l'édition Tornberg ; Ibn-Khaldoûun, *l. l.*

3. Éd. de Constantinople, t. III, p. 153.

d'Égypte, qui entraîna ses frères et ses cousins à sa suite. C'était encore cette malheureuse place d'Akhlâṭ, toute ruinée qu'elle fût après sa dévastation par les troupes du Khʷârèzm, qui était le but des revendications des Éyyoubites. Le sultan d'Égypte s'avança jusqu'au Nahr-el-Azraq ou Geuk-Çou, mais Kaï-Qobâd avait fermé les cols des montagnes en les garnissant de troupes, de sorte qu'il fut impossible aux Syro-Égyptiens de franchir ces passages. Mélik el-Mozaffer, prince de Hama, s'avança jusqu'à Kharpout, mais Kaï-Qobâd l'y suivit, battit les troupes confédérées et enferma le prince de Hama dans cette ville, où il l'assiégea. La jalousie de tous ces chefs entre eux et leur crainte de voir le sultan d'Égypte les déposséder pour se réserver la Syrie en leur donnant, en échange, de nouveaux royaumes en Asie Mineure, les découragèrent; on ne put secourir Kharpout, qui fut obligée de se rendre, le dimanche 23 dhi'l-qa'dé de cette année (20 août 1234). Mélik el-Kâmil, sentant la défection s'étendre de plus en plus à ses troupes, prit le parti de revenir en Égypte (632 = commençant le 26 septembre 1234), tandis que Kaï-Qobâd, poursuivant ses succès, enlevait aux Égyptiens Harrân et Édesse[1], que Mélik el-Kâmil reprit l'année suivante (633 = commençant le 16 septembre 1235).

S'il fallait en croire le *Târîkh Munèdjdjim-bâchy*, ce serait en cette même année 633 qu'Abaqa, khan des Mongols, aurait envoyé à Kaï-Qobâd un ambassadeur nommé Chems-ed-dîn, porteur d'un diplôme d'investiture impérial et invitant le prince seldjouqide à se déclarer vassal du grand empire de l'Asie centrale. Celui-ci, prenant en considération les victoires des Mongols et le mal qu'ils faisaient aux États musulmans, et désirant soustraire son pays à ces calamités, aurait souscrit à cette proposition et aurait envoyé au khan mongol les présents d'usage[2]. Tout cela me paraît le résultat d'une erreur de l'auteur de cet ouvrage, qui n'a pas réfléchi qu'Abaqa avait tout au plus deux ans à cette date. Il n'y a pas lieu de s'y arrêter davantage.

1. Abou'l-Féda, III, p. 163 et suiv.; Ibn-Khaldoûn, V, p. 171.
2. T. II, p. 566, *ad calcem*.

D'après les historiens ottomans suivis par Hammer[1], Kaï-Qobâd mourut empoisonné par son fils Ghiyâth-ed-dîn Kaï-Khosrau II, alors qu'il se trouvait dans le château de Qobâdiyya, bâti par lui dans le voisinage d'Erzingân. La date ne fait pas de doute : c'est celle de 634 (commencant le 4 septembre 1236), qui est donnée par les historiens et confirmée par la numismatique.

Le règne d'Alâ ed-dîn Kaï-Qobâd I^er^ a été le plus brillant de ceux des Seldjouqides du Roûm. Ce fut l'époque des grandes constructions, celle de la mosquée de Qonya, des murs de cette ville et de ceux de Sîwâs, des villes d'ʿAlâ'iyya et de Qobâdiyya. Un détail qui fait bien voir à quel point la prospérité de l'Asie Mineure s'était relevée après tant de malheurs, c'est que c'est ce prince qui fit le premier frapper de la monnaie d'or, ses devanciers s'étant contentés de faire battre des dirhems d'argent. L'écriture koufique, dont on avait fait usage jusqu'à lui pour les légendes des monnaies, fut en partie remplacée par l'écriture *naskh* arabe[2]. Cette prospérité ne dura point : les Mongols n'étaient pas loin, et son fils fut obligé de subir leur dure loi. (Voir ci-dessus, inscription n° 9 de Tchâï.)

Ibn-Bîbî nous a laissé, par l'entremise de son traducteur turc anonyme[3], un portrait de Kaï-Qobâd dont nous ne retiendrons que les traits suivants. Ce prince s'enquérait par lui-même de l'état de ses finances ; il avait, dans ses bureaux, vingt-quatre secrétaires-rédacteurs, dont la moitié était employée à l'inscription et à la vérification des recettes, et le reste à l'ordonnancement des dépenses, sans compter une foule d'autres employés dans les divers services de l'administration ; il les surveillait lui-même et se rendait compte personnellement de leurs mérites ; amateur de calligraphie, de belle rédaction (*bélâgha*), d'arithmétique et de tenue des livres (*siyâqa*), il excellait lui-même dans ces diverses branches ; il savait, d'ailleurs, dans la perfection plusieurs métiers manuels. A ses meilleurs soldats, il distribuait des récompenses honorifiques,

1. *Hist. de l'Empire ottoman*, t. I, p. 42.
2. Ghâlib-bey, *op. laud.*, p. 38.
3. Houtsma, *op. laud.*, p. 208 et suivantes.

telles que des queues de yack montées sur manche d'or; il faisait passer des examens d'escrime et d'équitation aux jeunes beys qui venaient réclamer l'héritage, les pensions et les *tîmârs*[1] de leur père défunt. Il avait institué des écoles militaires. Enfin il était pieux et lisait fréquemment le Qor'ân pendant la nuit; il mettait un soin extrême à poursuivre et à punir les brigands. Ce portrait doit être vrai; il explique la réputation laissée par ce prince, que certains historiens d'Europe n'ont pas hésité à décorer du beau titre de *grand*.

## N° 24.

Même endroit, deuxième inscription.

التولى ايازالاتابك

عمل محمد بن خولان الدمشقى

« L'administration [est celle de] Ayâs et Atâbékî. Œuvre de Moḥammed ben Khaulân, de Damas. »

La correction de El-Atâbek en El-Atâbéki (c'est-à-dire affranchi de l'atâbek) est justifiée par l'inscription n° 25, où on lit également Ayâs pour Ayâz : mais c'est bien du même personnage qu'il s'agit. Cette inscription nous indique que Kaï-Kâous Ier, qui avait donné l'ordre d'ériger cette mosquée, avait fait venir de Damas un architecte syrien; nous avons, en conséquence, dans les différents motifs de l'architecture de la façade, un modèle de l'art arabe en Syrie tel qu'on l'entendait au début du XIIIe siècle.

## N° 25.

Même endroit, troisième inscription.

بسم الله الرحمن الرحيم امر بعمارة

هذا الجامع السلطان الغالب عز الدنيا والد

ين سلطان البر والبحرين ابو الفتح كيكاوس بن كيخسرو

1. Consulter, sur ce terme, *Du régime des fiefs militaires dans l'islamisme*, par Belin, *Journ. asiat.*, année 1870, t. I, p. 45 du tirage à part.

بن قلج ارسلان برهان امير المومنين فى شهور سنة ستة عشر وستمايه
بتولى العبد المحتاج الى رحمة الله اياس الاتابكى

« Au nom de Dieu, clément, miséricordieux. A ordonné la construction de cette mosquée, le sultan vainqueur ʿIzz-ed-dounyâ w'èd-dîn, sultan de la terre et des deux mers, le victorieux Kaï-Kâous, fils de Kaï-Khosrau, fils de Qylydj-Arslân, Preuve du prince des croyants, dans le courant de l'année 616, sous l'administration de l'esclave qui a besoin de la miséricorde de Dieu, Ayâs-el-Atâbékî. »

L'année 616 commence le 19 mars 1219 pour finir le 7 mars 1220. C'est la dernière année du règne d'ʿIzz-ed-dîn Kaï-Kâous Ier (voir ci-dessus, inscription d'Isḥaqly, n° 11).

N° 26.

Même endroit, au-dessus de la porte principale; quatrième inscription.

1 بسم الله والسلام على رسول الله تم هذا بيت الله السلطان المعظم علا
الدنيا

2 والدين ابو الفتح كيقباذ بن السلطان السعيد الشهيد كيخسرو بن قلج
ارسلان بن مسعود

3 ناصر امير المومنين على يد العبد الفقير المحتاج الى رحمة الله اياز متولى
الاتابكى سنة سبع عشر وستمايه

« Au nom de Dieu, et que le salut soit sur son prophète ! A été achevée cette maison de Dieu [sous le règne du] sultan magnifié ʿAlâ-ed-dounyâ w'èd-dîn, le victorieux, Kaï-Qobâdh, fils du sultan heureux et martyr Kaï-Khosrau, fils de Qylydj-Arslân, fils de Masʿoûd, aide du prince des croyants, par les soins du pauvre esclave qui a besoin de la miséricorde de Dieu, Ayâz, administrateur, el-Atâbékî. An 617. »

L'année 617 a commencé le 8 mars 1220 pour finir le 25 février 1221 ; c'est la seconde année du règne de Kaï-Qobâd Ier, qui fut marquée par une campagne en Pamphylie (voir ci-dessus, n° 23). Son père, Ghiyâth-ed-dîn Kaï-Khosrau I^er^ est appelé, sur les inscriptions de son fils, le *sultan martyr*, parce qu'il périt les armes à la main dans une bataille contre les Grecs (voir n° 33, plus loin).

N° 27.

Même endroit, à droite de la porte d'entrée. Cinquième inscription.

امر ببنا هذا المسجد والتربة المطهرة

السلطان المعظم ///// الدنيا والدين ابو الفتح

كيقباد را بن السلطان الشهيد كيخسرو بن قلج ارسلان

ناصر امير المومنين بتولى العبد اياز الاتابكى س سنة ستة عشر وستماية

« A ordonné la construction de cette mosquée et du mausolée purifié (qui s'y trouve renfermé), le sultan magnifié [ᶜAlâ]-ed-dounyâ w'èd-dîn, le victorieux, Kaï-Qobâd, fils du sultan martyr Kaï-Khosrau, fils de Qylydj-Arslân, aide du prince des croyants, sous l'administration de l'esclave Ayâz el-Atâbékî, en l'an 616. »

Les énonciations de cette inscription sont légèrement contradictoires avec celles des n^os^ 23 et 24. Ce n'est pas Kaï-Qobâd I^er^ qui a ordonné la construction de ce monument, mais bien son frère et prédécesseur Kaï-Kâous I^er^; il n'a fait que l'achever. Il faut supposer qu'on n'avait encore bâti que fort peu de chose sous le dernier règne et que Kaï-Qobâd, en complétant cette œuvre, put légitimement se considérer comme ayant donné l'ordre d'en réaliser la construction.

N° 28.

Dans un cartouche circulaire, au-dessus de la porte de droite de la façade. Inscription peinte sur faïence, en lettres blanches sur fond bleu.

السلطان المعظم علا الدنيا والدين

« Le sultan magnifié, ᶜAlâ-ed-dounyâ w'èd-dîn. »

La correction المعظّم s'impose. Cette inscription ne renferme que les surnoms de Kaï-Qobâd Ier.

N° 29.

Au-dessus d'une petite porte, à l'ouest de la mosquée, dans la partie réparée.

السلطان المعظّم
علا الدُنيا والدين ابو الفتح
كَيْقُباذ بن كيخسرو بن قلج ارسلان

« Le sultan magnifié, ʿAlâ-ed-dounyâ w'èd-dîn, le victorieux, Kaï-Qobâdh, fils de de Kaï-Khosrau, fils de Qylydj-Arslân. »

L'inscription n° 26 ci-dessus, la présente et la suivante sont les seules où le nom de Kaï-Qobâd Ier soit écrit par un ذ.

N° 30.

Au-dessus d'une autre porte, à demi enterrée sous le toit en terre battue d'une petite construction adjacente.

Le même texte que l'inscription n° 29.

N° 31.

A l'intérieur de l'enceinte de la mosquée, au-dessus de l'unique fenêtre du mausolée qui en occupe la partie centrale.

عمل يوسف ابن عبد الغفار
الحق حق خير الله له ولجميع المسلمين

« Œuvre de Yousouf, fils d'ʿAbd-el-Ghaffâr. Le droit appartient à ceux à qui Dieu a accordé la meilleure part, ainsi qu'à tous les musulmans. ».

Je lis, à la 2e ligne, لِمَنْ خَيَّرَ et لجميع.

## N° 32.

Dans l'intérieur de la mosquée, sur le bras droit du siège au sommet du *minbèr* ou chaire à prêcher. Inscription gravée sur bois.

عمل اساد
مكى ربرى
الحا حى الا
حلاطى
وىرع منه
فى رحب سىه
حمسىں وحمس
مايه

Je lis de la façon suivante :

عمل أستاذ مكى . . . . . الحاجى (*sic*) لاخلاطى وفُرِغَ منه فى رجب سنة خمسين وخمسمائة

« Œuvre du maître mecquois . . . . le pèlerin d'Akhlâṭ, qui a été terminée dans le mois de rédjèb de l'an 550. »

Cette date correspond à septembre 1155. La chaire qui porte cette inscription est donc antérieure d'environ soixante-cinq ans à l'achèvement de la mosquée où elle se trouve actuellement.

## N° 33.

Intérieur du mausolée. Huit tombeaux de différents personnages, recouverts de plaques de faïence émaillée à inscriptions en relief et qui, lors des réparations postérieures, ont été reposées en désordre. Il n'a guère été possible de relever que les fragments suivants :

اللهم له حمر صاحب هذه الرو[ا]ضة . . . . .
السلطان الشهيدُ الراجى الى [ا]رحمة . . . . .
ابو الفتح قلج ارسلان ابن مسعود

« O Dieu! à lui la louange. Le possesseur de ce (parterre . . . . . est) le sultan martyr, qui espère en (la miséricorde de Dieu, Kaï-Khosrau . . . . . ), le victorieux Qylydj-Arslân, fils de Mas'oûd. »

Je lis الحمد pour حمد. Le ح de صاحب est douteux. Tout compte fait, je pense que ces fragments appartiennent à deux inscriptions différentes. Les deux premières lignes proviendraient du tombeau de Ghiyâth-ed-dîn Kaï-Khosrau Ier, surnommé le *sultan martyr*, comme nous l'avons vu, et la dernière contiendrait le nom de son père, 'Izz-ed-dîn Qylydj-Arslân II, fils de Rokn-ed-dîn Mas'oûd ; sinon, il faudrait suppléer بن après ابو الفتح, ce qui serait peu satisfaisant, car cette dernière formule précède ordinairement le nom, au lieu de le suivre.

Nous savons, par le traducteur turc d'Ibn-Bîbî[1], que Kaï-Khosrau Ier est enterré à Qonya auprès de son grand-père, de son père et de son frère; sur les huit tombeaux qu'on remarque dans le mausolée, il doit se trouver ceux de Mas'oûd, de Qylydj-Arslân II, et de Rokn-ed-dîn Soléïmân II, le seul de ses frères qui ait régné à Qonya. On comprend que, lors du replâtrage maladroit qui a été opéré à une époque inconnue, mais relativement récente, on ait mêlé ensemble, par légèreté et ignorance, des plaques de faïence qui recouvraient primitivement deux tombes voisines.

Sous le règne de l'avare Michel VII Parapinace, Iconium avait été enlevée aux Grecs du Bas-Empire par Soléïman Ier, fils de Qoutoulmych et arrière-petit-fils de Seldjoûq, qui se tua d'un coup de poignard pour ne pas survivre à sa défaite dans sa lutte contre Toutouch, frère de Mélik-Châh et gouverneur de Damas (479 = 1086). Il faut conclure de la suscription d'une monnaie de cuivre de la collection Ghâlib-bey (*op. laud*, p. 2 et 3), qu'il se nommait aussi Mas'oûd. Son fils, Qylydj-Arslân Ier, lui succéda; c'est lui qui, dans une pointe hardie sur Constantinople, prit Nicée sur les Grecs et eut maille à partir avec la première croisade. Chacun sait qu'après la reddition de Nicée au délégué de l'empereur Alexis, Godefroy de

1. Houtsma, *op. laud.*, p. 114, l. 6.

Bouillon gagna, le 1er juillet 1097, la bataille de Dorylée, près d'Eski-Chéhir; qu'ensuite l'armée des croisés s'enfonça à travers les plateaux déserts de l'Asie Mineure pour atteindre, au prix de pertes énormes et de souffrances terribles, le site d'Antiochette (Yalovatch) pour, de là, tourner le massif du Taurus au nord, par Geuksun et Mar'ach, tandis que Baudoin et Tancrède, franchissant la passe de Kulèk-Boghâz, descendaient à Tarsous, dans la Cilicie. Une fois ce torrent passé, Qylydj-Arslân, qui depuis Dorylée n'avait plus cherché à entraver la marche des croisés et avait même abandonné sa capitale, put rentrer à Qonya sans difficulté. Une dizaine d'années plus tard, il était redevenu assez puissant pour que les habitants de Mossoul et l'armée de Djegermich, gouverneur de la ville pour le compte de Mélik-Châh[1], l'invitassent à venir en prendre possession; Qylydj-Arslân était alors à Nisibîn; il accepta et entra à Mossoul le 25 réjèb 500 (22 mars 1107)[2]. Dans la même année l'empereur grec lui demanda du secours contre les Francs placés sous les ordres de Boémond, prince d'Antioche; le souverain seldjouqide envoya un corps de troupes contre ces derniers, qui furent dispersés et forcés de regagner la Syrie en désordre[3]. Après ce brillant fait d'armes, ces troupes allaient regagner le camp de Qylydj-Arslân en Mésopotamie, lorsqu'elles apprirent sa mort : étant en marche pour combattre Djaouli Saqâwou, que Mélik-Châh envoyait en Syrie, il fut défait et périt noyé en essayant de traverser le Khâboûr à la nage.

Rokn-ed-dîn Mas'oûd Ier, son fils, lui succéda; c'était un enfant; il devint en grandissant un souverain sage et juste. Il eut un règne long et paisible; l'histoire ne nous apprend rien sur son compte[4], si ce n'est qu'il fit la guerre avec peu

1. Comparez Defrémery, *Histoire des Seldjoukides*, extraite du *Journal asiatique* de 1848, p. 44 du tirage à part.

2. Ibn-el-Athîr, éd. Tornberg, t. X, p. 295.

3. Cf. Reinaud, dans la *Bibliothèque des croisades*, t. IV, p. 22, note 3.

4. Il avait un frère que les historiens byzantins appellent Saïsan, et qui fut défait près de Philadelphie (Alâ-Chéhir) par Constantin Gabras, général d'Alexis, en 1112. Cf. Le Beau, *Histoire du Bas-Empire*, t. XVIII, p. 425. En 1116, le même fut encore défait par Alexis lui-

de succès contre Jean II et Manuel I^er^. Il vécut jusqu'en 551 (commençant le 25 février 1156), date le plus généralement adoptée. Après lui vint ʿIzz-ed-dîn Qylydj-Arslân II, son fils, qui visita Constantinople en 1158 et à qui Manuel donna des fêtes splendides, d'après Cinname et Nicétas[1]; il épousa en 560 (commençant le 18 novembre 1164) la fille du prince d'Erzeroum Çaltouq, laquelle fut enlevée, en se rendant à Qonya, par Yâghi-Arslân, prince de Malaṭiyya, de la dynastie des Dânichmènd; le ravisseur voulut la faire épouser à son neveu Dhou'n-Noûn; mais il fallut, pour tourner la loi musulmane qui s'opposait à ce mariage, user d'un subterfuge : on abolit le premier mariage par une apostasie simulée. Qylydj-Arslân II prit les armes, fut battu dans la première rencontre, mais grâce à un secours que lui envoya l'empereur de Constantinople, il reprit l'avantage; Yâghi-Arslân mourut sur ces entrefaites, et le prince de Qonya conquit plusieurs contrées du territoire ennemi, entre autres Malaṭiyya, après quoi il fit la paix avec Ibrahim, frère de Dhou'n-Noûn, qui avait succédé à son oncle (567 = 1171); quant à Dhou'n-Noûn lui-même, il s'était emparé de Qaïçariyya, tandis que Châhân-Châh, fils de Masʿoud et frère de Qylydj-Arslân, recevait Angora en partage.

En 568 (commençant le 23 août 1172), la guerre éclata entre Qylydj-Arslân et Nour-ed-dîn Maḥmoûd-ibn-Zengi, l'atâbek de Syrie. Le premier avait attaqué Dhoun'-Noûn, l'avait dépouillé de ses états et réduit à la fuite. Celui-ci se rendit auprès de Nour-ed-dîn qui l'accueillit et intervint auprès du prince seldjouqide pour lui faire rendre son royaume; n'ayant pas reçu de réponse, il marcha contre lui et s'empara de Kîsoûn (ou Kîsoûm, près de Samosate), de Behesnî, de Marʿach, de Merzebân[2] et de leurs territoires; la prise de

même, battant en retraite depuis Philomélium (Aq-Chéhir), entre Polybotum (Boulawadîn) et le lac d'Eber (*ibid.*, p. 458). Après avoir conclu la paix avec l'empereur, il fut pris et mis à mort par son frère Masʿoûd.

1. Le Beau, *op. cit.*, t. XIX, p. 291.

2. Abou'l-Fedâ, *Géographie*, p. 269 du texte arabe, sous la rubrique de Qalʿat-er-Roûm; Kremer, *Beiträge zur Geographie der nord. Syrien*, p. 17.

Mar<sup>c</sup>ach eut lieu au commencement de dhou'l-qa<sup>c</sup>dé (fin juin 1173) et celle des autres villes suivit. Il envoya un corps de troupes à Sîwâs, qui fut prise. Qylydj-Arslân demanda la paix ; Nour-ed-dîn, inquiet à l'égard des croisés, la lui accorda, à la condition qu'il lui fournirait des troupes pour combattre les Francs en Syrie : c'était se reconnaître son vassal. Il lui aurait même dit : « Vous êtes voisin des Grecs et vous ne leur faites pas la guerre ; vous possédez cependant une bonne partie des contrées musulmanes ; il faut que vous me suiviez à la guerre sainte[1] ». Sîwâs resta dans le même état, au pouvoir des lieutenants de Nour-ed-dîn, agissant pour le compte de Dhoû'n-Noûn, jusqu'à la mort du célèbre atâbek de Syrie, en 569 (1173-1174). Les troupes syriennes ayant alors évacué Sîwâs, Qylydj-Arslân revint à la charge et s'en empara définitivement. Le diplôme d'investiture que remit à Nour-ed-dîn, au cours de cette campagne, un envoyé du khalife, le reconnaissait comme suzerain des pays de Qylydj-Arslân.

En 1176, d'après les historiens byzantins, le souverain seldjouqide fit la guerre au vaillant et audacieux Manuel I<sup>er</sup> Commène, qu'il défit complètement à Myriocéphales, au delà des sources du Méandre.

En 575 (commençant le 8 juin 1179), Qylydj-Arslân, désireux de reprendre la forteresse de Ra<sup>c</sup>bân[2], entre Alep et Samosate, près de l'Euphrate, qui lui avait été enlevée par Nour-ed-dîn, vint mettre le siège devant elle ; il se croyait à l'abri des coups de Saladin à cause de la présence à Alep de Mélik eç-Çâliḥ ; mais le célèbre adversaire des croisés envoya contre lui son neveu, le prince éyyoubite Taqî-ed-dîn <sup>c</sup>Omar, qui mit en fuite les troupes du Roûm et rétablit l'ancien état de choses.

L'année suivante (576 = commençant le 28 mai 1180), il s'éleva une nouvelle dispute entre Qylydj-Arslân et Saladin. Voici quel en était le motif, au dire des historiens arabes : le prince seldjouqide avait donné sa fille, Seldjoûqa-Khâtoûn, en mariage à Nour-ed-dîn Moḥammed, fils de Qara-Arslân, fils

1. Ibn-el-Athîr, t. XI, p. 257.
2. *Mérâçid el-iṭṭilâ'*, éd. Juynboll, t. I, p. 474.

de Dâoud, prince de Hiçn-Kaïfâ, qui la délaissa pour une danseuse publique. Seldjoûqa, furieuse, en informa son père, qui commença à rassembler des troupes pour marcher contre ce prince. Celui-ci, dès qu'il le sut, se tourna du côté de Saladin, qui dépêcha un ambassadeur à Qonya; mais le prince seldjouqide répondit qu'il réclamait sa fille et les villes livrées à titre de trousseau. Après cette ambassade infructueuse et une ou deux autres tentatives de ce genre, Saladin résolut d'en venir aux mains; il était alors en état de guerre avec les Francs, il conclut une trêve avec eux et se mit en marche vers l'Asie Mineure. Qylydj-Arslân, visiblement effrayé, se décida à lui dépêcher un envoyé habile qui représenta au sultan qu'il ne convenait pas d'abandonner la guerre sainte pour se battre avec un prince musulman; Saladin lui fit remarquer qu'il n'était pas de sa dignité d'abandonner Nour-ed-dîn qui s'était réfugié à sa cour, et il lui conseilla de s'entendre directement avec lui; sur les démarches de l'envoyé, Nour-ed-dîn s'engagea à répudier la danseuse dans l'espace d'une année et la paix fut conclue sur cette base.

Qylydj-Arslân II, désormais tranquille de ce côté, s'occupa de la guerre d'escarmouches et de pillage qui se continuait sur les frontières de l'empire grec. Étant devenu vieux, il partagea ses États entre ses enfants, qui étaient au nombre de douze. Cette faute politique faillit amener la ruine du royaume fondé à Qonya par les Seldjouqides occidentaux. Le nombre des enfants de Qylydj-Arslân ayant été donné diversement par les sources, et malgré des publications récentes, cette période de l'histoire du Roûm étant encore passablement obscure, on nous excusera de nous étendre un peu sur ce sujet.

Ibn-Bîbî (éd. Houtsma, p. 11) donne une liste détaillée de la distribution de l'état de Roûm entre les fils de Qylydj-Arslân II; en voici le tableau :

| | |
|---|---|
| 1. Toqât et dépendances. | Rokn-ed-dîn Soléïmân-châh, l'aîné des fils. |
| 2. Le pays des Dânichmènd, c'est-à-dire Qoyly-Hiçâr et Nigisâr. . . . . . . . | Mélik Nâçir-ed-dîn Barq-Yâroûq. |
| 3. Abilistân (El-Bistân). | Mélik Moghîth-ed-dîn Toghrul-châh. |

| | |
|---|---|
| 4. Qaïçariyya. . . . . . | Mélik Noûr-ed-dîn [Maḥmoûd] Sultân-châh. |
| 5. Siwâs et Aq-Séraï . . | Mélik Qoṭb-ed-dîn Mélik-châh. |
| 6. Malaṭiyya . . . . . . | Mélik Mo'izz-ed-dîn Qaïcar-châh. |
| 7. Erégli. . . . . . . . | Mélik Sandjar-châh. |
| 8. Nîgdè. . . . . . . . | Mélik Arslân-châh. |
| 9. Amasia . . . . . . . | Mélik Nizhâm-ed-dîn Arghoûn-châh. |
| 10. Angora . . . . . . . | Mélik Mohyi 'd-dîn Maç'oûd-châh. |
| 11. Borglou[1] . . . . . . | Mélik Ghiyâth-ed-dîn Kaï-Khosrau. |

Il y a lieu de remarquer qu'il n'existe pas de liste complète des douze fils de Qylydj-Arslân II. Ibn-Bîbî, qui est plus complet que Djénâbî et Nechri cités par Hammer dans la table généalogique à la fin du tome II de l'*Histoire de l'empire ottoman*, et qui parle à plusieurs reprises des *douze* fils, n'en retrouve cependant que onze dans le tableau détaillé qu'il en donne. Ces princes ne rendaient pas compte à leur père de l'administration des provinces qui leur étaient confiées; une fois par an seulement ils venaient à sa cour prendre ses ordres.

Cette organisation féodale, qui fractionnait en petites principautés rivales la région des plateaux de l'Asie Mineure, empêcha Qylydj-Arslân II de résister aux attaques de la troisième croisade. Les croisés allemands, commandés par l'empereur Frédéric Barberousse, prirent contact avec les troupes seldjouqides après avoir quitté Laodicée du Méandre; on sait les énormes difficultés qu'ils rencontrèrent pour marcher d'Aq-Chéhir à Qonya, en combattant presque chaque jour les troupes musulmanes. La capitale des Seldjouqides fut emportée d'assaut; mais l'armée allemande, s'y étant ravitaillée, n'y resta que deux jours pour gagner, par Laranda,

1. L'existence de cette ville est un problème de la géographie de l'Asie Mineure au *moyen* âge. M. Th. Houtsma veut bien me faire savoir que, d'après ses recherches, cette localité, dont le nom s'écrit parfois بورغلو. (en syriaque ܒܘܪܓܠܘ), doit être située dans la partie septentrionale de la péninsule, probablement aux environs de Castamouni, de Boli, ou peut-être d'Angora. S'il en est ainsi, cet endroit doit être la ville de بُرْلُو que visita Ibn-Baṭouṭa (*Voyages*, éd. Defrémery et Sanguinetti, t. II, p. 340) et qui est située entre Gérédè et Castamouni. En tout cas, la lecture *Beraglou*, adoptée par MM. Sauvaire et Drouin, est inadmissible. (*Journ. asiat.*, sept.-oct. 1892, p. 293.)

les défilés du Taurus et les bords du Sélef, où Frédéric devait trouver la mort. Cela se passait en 586 (1190). D'après Ibn-el-Athîr, ce fût Qoṭb-ed-dîn Mélik-Châh qui commanda les troupes chargées de défendre l'Asie Mineure contre les croisés allemands et qui les harcelèrent sans trêve jusqu'à la prise de Qonya.

En 587 (commençant le 29 janvier 1191), Moʿiz-ed-dîn Qaïçar-Châh, à qui était échu en partage Malaṭiyya, comme nous l'avons vu, se vit reprendre cette ville par son père, obéissant à l'influence de Qoṭb-ed-dîn Mélik-Châh, qui désirait joindre cette ville à son apanage. Le prince évincé se rendit auprès de Saladin, qui le reçut avec faveur et le maria à sa nièce, fille de Mélik el-ʿAdil. Ce que voyant, Qoṭb-ed-dîn renonça à ses projets d'annexion, de sorte que Qaïçar-Châh put rentrer à Malaṭiyya dans le mois de dhou'l-qaʿdé de la même année.

Cette déconvenue ne découragea pas l'ambitieux Qoṭb-ed-dîn. Si l'on en croit Ibn-el-Athîr (XII, p. 57), ce prince fit campagne en 588 (commençant le 18 janvier 1192) contre un autre de ses frères, Mélik Noûr-ed-dîn Maḥmoûd Sultân-Châh, maître de Qaïçariyya; la présence de son père ne suffit pas à amener la reddition de la ville; il fallut assiéger celle-ci. Pendant ce temps, le vieux Qylydj-Arslân, fatigué du rôle que voulait lui faire jouer son fils entreprenant, trouva une occasion favorable pour échapper à la mainmise dont il était victime, s'enfuit et se réfugia dans la ville assiégée. Ce coup de théâtre changea totalement les dispositions de Qoṭb-ed-dîn, qui dut rentrer à Qonya et renoncer à ses projets de conquête. Ensuite Qylydj-Arslân ne cessa d'errer de ville en ville, allant trouver successivement chacun de ses fils, ce qui les ennuyait beaucoup, jusqu'à ce qu'il arriva auprès de Ghiyâth-ed-dîn Kaï-Khosrau, maître de la ville de Borglou. Ce dernier se réjouit de la venue de son père; il réunit des troupes et partit avec lui pour Qonya dont il s'empara, puis pour Aq-Séraï, devant laquelle il mit le siège : c'est alors que Qylydj-Arslân II tomba malade; il revint à Qonya où il mourut en chaʿbân 588 (août-septembre 1192).

Kaï-Khosrau I$^{er}$ resta en possession de Qonya jusqu'à ce qu'il en fut dépouillé par Rokn-ed-dîn Soléïmân, l'aîné des fils du prince défunt; c'est ce que la numismatique a mis hors de doute : il y régna de 588 à 592 (commençant le 6 décembre 1195), date qui se trouve sur les monnaies[1]. Ibn-Bîbî[2] prétend que Kaï-Khosrau, qui était le plus jeune des fils du vieux souverain, avait été élevé auprès de son père, qui le fit venir devant lui avant de mourir et le constitua l'héritier du royaume, parce qu'il le considérait comme plus intelligent que ses frères et plus digne du trône. Les héritiers évincés se seraient réunis autour de Soléïmân, prince de Toqât, l'aîné d'entre eux, et l'auraient excité à s'opposer à ce projet; mais il les aurait détournés, par ses sages conseils, de la rébellion qu'ils lui proposaient. Néanmoins, par une conduite assez contradictoire, il aurait, à la mort de son père (mais plus probablement quatre ans plus tard), rassemblé une armée à laquelle se seraient joints plusieurs de ses frères. Ce qui est certain, c'est que, dans le courant de l'année 592, le prince de Toqât marcha sur Qonya où régnait Ghiyâth-ed-dîn Kaï-Khosrau Ier. Les habitants de la ville résistèrent énergiquement pendant quatre mois; à la fin, les grands capitulèrent à la condition que Kaï-Khosrau, laissé en liberté, pourrait se rendre où il voudrait; celui-ci ratifia la capitulation et prit le chemin de l'exil avec toute sa maison.

D'après le récit d'Ibn-Bîbî, Kaï-Khosrau aurait accompli alors une véritable odyssée; mais nous avons des raisons de croire qu'une grande partie de ce que rapporte l'apologiste des Seldjouqides de Roûm est purement légendaire. Le souverain déchu, en quittant Qonya, aurait pris la route d'Aq-Chéhir pour se rendre à Constantinople; mais à la suite d'une dispute, à Lâdîk (ancienne *Laodicæa combusta*), entre ses gens et les villageois qui refusaient de les recevoir, il changea brusquement de direction et prit la route de Laranda (aujourd'hui Qaramân). Rokn-ed-dîn Soléïmân fit punir sévèrement les gens de Lâdîk et mit le feu à leur ville. Il envoya jus-

1. Ghâlib-bey, *op laud.*, p. 9; il n'y a pas lieu d'adopter la date de 589 pour la mort de Qylydj-Arslân, en présence du témoignage d'Ibn-el-Athîr.

2. Houtsma, *op. laud.*, p. 3 et suivantes.

qu'aux forteresses de la petite Arménie les deux fils de Kaï-Khosrau rejoindre leur père. Cet État était alors gouverné par le *takavor* Léon II le Grand. Le roi arménien reçut fort bien le prince fugitif; il le logea un mois dans sa propre demeure. De là, Kaï-Khosrau gagna El-bistân, alors entre les mains de son frère Toghrul qui, plus tard, régna à Erzeroum, puis à Malaṭiyya, où il retrouva Qaïçar-Châh; il alla à Amid (Diar-békir), où régnait le prince éyyouvite Mélik eç-Çâliḥ, qui avait épousé sa sœur; à Akhlaṭ, gouvernée par Balabân[1]; enfin, il gagna de là le Djânît (Djânîk), c'est-à-dire la province qui fut quelques années plus tard l'empire grec de Trébizonde; le gouverneur lui fournit des galères et des vaisseaux pour se rendre à Constantinople. Mais la tempête les jeta sur les côtes du Maghreb, et le prince seldjouqide voyagea dans ce pays jusqu'à ce qu'il arriva à la cour du prince des croyants ᶜAbd-el-Mou'min[2], où il resta quelque temps « en souffrant des mœurs cruelles des Arabes de ces contrées ». Enfin il retourna à Constantinople avec des vaisseaux fournis par le souverain almohade. Le *Fâsiliyos* (βασιλεύς) d'alors (peut-être Alexis III) l'y reçut avec beaucoup d'honneurs. La légende dont Ibn-Bîbî s'est fait l'écho prétend qu'à la suite d'une altercation entre lui et un Franc de la cour de l'empereur, il y eut, à sa demande, un combat singulier dont il sortit vainqueur; mais, à la suite de cette aventure et pour éviter des ennuis à son hôte, il lui déclara qu'il se rendrait auprès du *Mafrezoûm*, « d'entre les grands Césars des Grecs[3] », et il y passa effectivement quelque temps.

Cependant Rokn-ed-dîn Soléïmân II régnait à Qonya. Il fut conduit à faire la guerre aux Géorgiens, sur qui régnait la

1. Balabân, esclave de Châh-i Ermèn, fils de Çoqmân, ne monta sur le trône qu'en 603 (Ibn-el-Athîr, t. XII, p. 168).

2. Le fondateur de la dynastie des Almohades était mort à cette époque; mais il est possible que, dans cette partie de son histoire, Ibn-Bîbî ait voulu désigner son fils Yousouf.

3. C'est évidemment le mot grec moderne Μαυροζούμης qui est ainsi défiguré; c'est en effet le nom d'une grande famille de ce temps. On trouve un Théodore Maurozume qui commandait l'aile gauche de l'armée de Manuel à la bataille de Myriocéphales en 1176 (Le Beau, *op. cit.*, t. XIX, p. 433).

célèbre reine Thamar[1]. Un roman raconte que cette reine avait fait proposer à Soléïmân, du vivant de son père, de l'épouser, ce qui fâcha le jeune prince et lui laissa dans le cœur le désir de se venger de ce qu'il considérait comme une insulte. En réalité, les succès des Géorgiens inquiétaient les puissances musulmanes voisines. Le souverain seldjouqide s'avança dans la direction d'Erzingân, où régnait le prince Fakhr-ed-dîn Behrâm-Châh, le protecteur du poète persan Djâmi, qui lui dédia son poème intitulé *Makhzèn oul-asrâr;* de là il gagna Erzeroum, alors au pouvoir du prince ᶜAlâ-ed-dîn, petit-fils de Çaltoûq, qui ne se soumit pas aux ordres du Seldjouqide, fut déposé et vit sa principauté passer aux mains de Toghrul-Châh, frère de Soléïmân[2]; enfin, il atteignit l'Abkhazie et le pays des Géorgiens. Une grande bataille qui s'y livra se serait, au dire d'Ibn-Bîbî, terminée par une victoire pour les Musulmans, n'était que le cheval du porte-étendard s'étant renversé pour avoir mis le pied dans un trou de mulot, les Musulmans, voyant le drapeau abattu, se dispersèrent; Behrâm-Châh fut même fait prisonnier.

De retour à Qonya, Soléïmân II se préparait à rassembler de nouveau des troupes lorsqu'il tomba malade d'une colique qui l'emporta en sept jours : il mourut le 6 dhou'l-qaᶜdé 600 (6 juillet 1204)[3]. Cinq jours avant sa mort, il avait agi traîtreusement à l'égard de son frère, le prince d'Angora, ville dont il voulait s'emparer et qu'il assiégeait depuis des années. La place, étant réduite à toute extrémité, s'était enfin rendue et Soléïmân avait promis de donner en échange à son frère une autre forteresse; mais il le fit tuer.

Les principaux émirs firent choix, pour remplacer Soléïmân, de son fils ᶜIzz-ed-dîn Qylydj-Arslân III, en bas âge. Son règne fut très court; il n'eut pas le temps de faire battre monnaie en son nom; on estime généralement à cinq mois la durée

1. Comparez, sur ces événements, Fallmerayer, *Geschichte der Kaiserthums von Trapezunt*, p. 24.

2. En 597 (commençant le 12 octobre 1200), d'après Ibn-el-Athîr, t. XII, p. 111, et postérieurement à la prise de Malaṭiyya sur Qaïçar-Châh, à la suite d'un siège, en ramadhan (juin 1201).

3. Ibn-el-Athîr, t. XII, p. 128.

de ce règne éphémère. Dans ce court laps de temps, les troupes seldjouqides firent néanmoins la conquête de la ville d'Isbarta.

Une conspiration ramena de l'exil Kaï-Khosrau Ier. Nous l'avons laissé auprès du *Mafrezoûm*, dans une île qui est peut-être l'une des îles des Princes, qui sous les Byzantins servaient de lieu d'exil aux princes des familles impériales; il avait quitté un moment ce séjour en y laissant sa famille pour se rendre sur le territoire des Allemands (?), puis il y était revenu et s'y trouvait encore lorsque la conspiration éclata. Les trois fils de Yâghi-Baçan, chef de la tribu turcomane des Oûtch, Mozhaffar-ed-dîn Maḥmoûd, Zahîr-ed-dîn Ili et Sinân-ed-dîn Yousouf formèrent le projet de ramener sur le trône le sultan exilé : ils envoyèrent en mission secrète à Kaï-Khosrau le chambellan Zakariyyâ, déguisé en prêtre chrétien. Le sultan débarqua à Iznîk (Nicée), pour gagner de là l'Asie Mineure; l'empereur grec ne le laissa passer qu'à la condition qu'il livrerait Khonâs (Colosses), Lâdîk (Laodicée du Méandre), et d'autres forteresses à ses gouverneurs, et que ses deux fils resteraient en otage à Nicée avec Zakariyyâ. Mais un jour les deux jeunes princes s'enfuirent sous le prétexte de courir à la poursuite d'un sanglier et rejoignirent, à In-Euñu, sur le territoire musulman, Kaï-Khosrau qui s'y trouvait encore en conférence avec les Turcomans de la tribu des Oûtch.

Lorsque tout fut prêt, il alla mettre le siège devant Qonya. Furieux de la résistance des habitants, il fit raser les jardins et démolir les maisons de plaisance qui entouraient la ville. Le jeune Qylydj-Arslân III conseilla lui-même aux habitants de se rendre; Kaï-Khosrau Ier lui réserva le gouvernement de Toqât qu'avait possédé son père Rokn-ed-dîn Soléïmân et prit possession de la ville (601 = commence le 29 août 1204, d'après les monnaies[1]).

Le sultan rétabli ensanglanta les premiers jours de son règne en faisant mettre à mort le qâdhi Tirmidi, « ce qui

1. D'après Ibn-el-Athîr, t. XII, p. 131, en rédjeb (qui commence le 22 février 1205).

déplut à tout le monde », dit Ibn-Bîbî (p. 80), sous le prétexte qu'il avait fomenté la résistance de la ville en rendant un fetva dirigé contre lui.

Sur la plainte de marchands qui avaient été dépouillés par les chefs francs de l'île de Chypre, appelés par les Grecs à la défense de la ville d'Adalia, il rassembla son armée et investit la ville pendant deux mois. Au bout de ce temps il essaya d'une escalade qui réussit; la ville fut prise, et il s'ensuivit un massacre général des habitants. Après cinq jours de pillage, l'ordre fut donné aux quelques indigènes restants de regagner leurs demeures. Ibn-el-Athîr prétend que les musulmans avaient été appelés par les Grecs, à la suite de disputes continuelles entre eux et les Francs, qui les soupçonnaient de vouloir les mettre hors de la ville. Kaï-Khosrau entra en possession d'Adalia le 3 cha'bân (5 mars 1207)[1].

Trois ans plus tard, il entreprit de guerroyer avec le *takavor* d'Ala-Chéhir (Philadelphie), c'est-à-dire Théodore Lascaris, qui essayait de relever en Asie Mineure l'antique trône de la nouvelle Rome, au pouvoir des croisés depuis cinq ans environ; mais il fut tué dans la première bataille, qui se livra sur la route d'Ala-Chéhir. Lascaris avait été renversé de son cheval; les serviteurs du sultan voulaient le tuer, mais celui-ci ne le permit pas, le fit remonter à cheval et le rendit à la liberté. Pendant ce temps, les troupes de l'empereur, « composées de Grecs, de Francs, de Bulgares, de Hongrois et d'Allemands », ayant vu disparaître leur chef, s'étaient enfuies; l'armée du sultan se livra au pillage, tandis que celui-ci revenait seul. A ce moment passa près de lui un Franc, que le sultan prit pour un homme de sa maison et auquel il ne fit pas attention. Quand le Franc eut dépassé le sultan, il retourna la bride de son cheval et, d'un coup de javelot, tua Kaï-Khosrau, le dépouilla de ses armes, se joignit à une troupe de Grecs qui s'enfuyaient et disparut. Lorsque Lascaris vit ce Franc rejoindre son armée, il comprit ce qui s'était passé, lui commanda de retourner chercher le corps du sultan de Qonya, et

1. Cf. *Tableau du règne du sultan Sindjar*, par M. Ch. Schéfer, dans les *Nouveaux Mélanges orientaux*, p. 11, note.

quand on le lui apporta il se mit à pleurer; sa douleur fut telle, dit Ibn-Bîbî, que, ne pouvant supporter davantage cette situation, il ordonna d'écorcher vif le Franc. L'armée musulmane, quand elle sut la mort de son chef, se débanda et s'enfuit. Dans ces défilés et ces vallées, beaucoup furent tués, beaucoup noyés, beaucoup moururent en s'enfonçant dans la boue (607 = commençant le 25 juillet 1210)[1].

Lascaris fit embaumer le corps par des musulmans établis dans les environs d'Ala-Chéhir, et le fit provisoirement enterrer dans un cimetière musulman. Plus tard, après ces événements, on le transporta à Qonya, où il fut déposé sous la coupole où reposaient déjà ses ancêtres. Ce fut l'occasion d'un déploiement de cérémonies extraordinaire; l'empereur fit accompagner le cortège funèbre par des troupes jusqu'aux frontières de ses États et distribua des largesses considérables aux personnes qui l'accompagnèrent; ʿIzz-ed-dîn Kaï-Kâous Ier, qui avait succédé à son père, ne voulut pas être en reste et donna des sommes importantes aux *hâfyzh* (ceux qui savent le Qor'ân par cœur), aux étudiants, aux pauvres, ainsi qu'aux écoles, aux couvents et aux ermitages de derviches de la capitale et des provinces.

Tels sont les événements que rappelle le mausolée de Ghiyâth-ed-dîn Kaï-Khosrau Ier.

N° 34.

Qara-Ṭâïlar Medrésé (collège de la famille de Qara-Ṭâï). Sur le portail principal.

قال الله تعالى

ان الله لا يضيع اجر المحسنين

« Dieu très haut a dit : Certes Dieu ne laisse pas perdre la récompense des bienfaiteurs. »

Passage du Qor'ân (sour. IX, v. 121).

1. Il y a à Qonya un monument qui porte à la fois cette date et l'indication du règne de Kaï-Khosrau Ier, c'est l'inscription n° 55 ci-dessous. On peut voir, sous cette rubrique, les raisons qui m'ont fait adopter ce chiffre pour la date de la mort de ce prince.

## N° 35.

**Même endroit, au-dessus de la porte principale.**

امر بهذه العمارة المباركة فى ايا
م دولة السلطان الاعظم ظل الله تعالى
علا الدنيا والدين ابو الفتح كيكاوس
بن كيخسرو بن كيقباد بن السلطان
الشهيد كيخسرو بن قلج ارسلان
بن مسعود قلج ارسلان قره طاى
بن عبداه فى شهور سنة تسع
واربعين وستماية غفر الله لمن اعمره

« A ordonné [de bâtir] cette construction bénie, sous le règne du grand sultan, l'ombre du Dieu très haut, ʿIzz-ed-dounyâ w'ed-dîn, le victorieux, Kaï-Kâous, fils de Kaï-Khosrau, fils de Kaï-Qobâd, fils du sultan martyr Kaï-Khosrau, fils de Qylydj-Arslân, fils de Masʿoûd, [fils de] Qylydj-Arslân, Qara-Ṭaï, fils d'Abdallah, dans le courant de l'année 649. Que Dieu pardonne à celui qui l'a rendu prospère [cet établissement]. »

Bien que ma copie porte distinctement علا, il faut lire عز au commencement de la troisième ligne. A la sixième قره طاى doit être lu قره طاى d'après le nom de ce collège, qui s'est conservé intact à Qonya jusqu'à aujourd'hui. La famille des Qara-Ṭâï a donné des hommes d'État aux Seldjouqides de Roûm. L'émir Djélâl-ed-dîn Qara-Ṭâyî قره طايى, qui vécut sous le règne de Kaï-Qobâd Ier, est cité dans Ibn-Bîbî (Houtsma, *op. laud.*, p. 213); c'était un homme pieux et religieux qui fut, d'après son propre récit, dix-huit ans au service de ce prince. Celui qui porte le même nom et a construit le collège qui nous occupe est cet émir Djélâl-ed-dîn Qara-Ṭâï قراطاى cité par le *Târîkh Munedjdjim-bâchy* (t. II, p. 569) qui fut, précisément sous le règne d'ʿIzz-ed-dîn Kaï-Kâous II, lieutenant du grand-vizir وزير كتخداسى (voir plus haut l'inscription d'Isḥâqly, n° 12). Seulement il faut conclure du texte présent que ce Qara-Ṭaï n'occupait plus de fonctions officielles lorsqu'il fit élever le *medrésé* qui a conservé le nom de sa famille.

Selon nous, l'intérêt principal de cette inscription consiste dans le tableau généalogique qu'elle nous offre, et dans sa date. La filiation en ligne directe des souverains de Qonya, qu'elle nous donne depuis Qylydj-Arslân Ier, le vaincu de Dorylée, jusqu'à ʿIzz-ed-dîn Kaï-Kâous II, confirme les données que nous avaient déjà fournies les historiens arabes, entre autres Ibn-Khaldoûn (t. V, p. 177), ainsi que la numismatique. Ce monument est, à notre connaissance, le seul qui donne une table généalogique aussi complète; il est la base de celle que nous donnons à la fin de ce travail.

La date n'en est pas moins intéressante. L'an de l'hégire 649 commence le 26 mars 1251 et correspond à cette époque troublée où les fils de Kaï-Khosrau II se disputent le trône et recourent à tour de rôle à la dure protection des Mongols; nous en avons tracé un tableau succinct à propos de l'inscription n° 12. Celle-ci est de l'année 647; dans l'une comme dans l'autre, ʿIzz-ed-dîn Kaï-Kâous II est nommé seul. On a des monnaies où ce souverain est aussi nommé seul : ce sont des monnaies d'argent frappées à Sîwâs en 644 et 645, et à Qonya en 646; on en a de son frère Rokn-ed-dîn Qylydj-Arslân IV, frappées à Sîwâs en 646; enfin la première monnaie où figurent les noms des trois frères associés a paru à Sîwâs en 647. Il faut admettre, d'après les données des inscriptions n° 12 et n° 35, que, sur le territoire même de Qonya, l'ancienne Lycaonie, l'arrangement intervenu entre les trois frères pour les légendes des monnaies n'avait pas cours pour l'intitulé des monuments officiels ou privés, et qu'on n'y reconnaissait, dans la période qui s'étend entre les deux dates de 647 et de 649, qu'un seul souverain territorial de fait, qui était ʿIzz-ed-dîn Kaï-Kâous II.

## N° 36.

Mosquée dite Indjè-minarèli Medressé (collège au minaret mince). Dans deux cartouches à droite et à gauche de la porte d'entrée.

عمل كلوس | بن عبد الله

« Œuvre de Kaloûs, fils d'ʿAbdallah. »

C'est le nom de l'architecte, le même probablement que celui qui a construit la mosquée située en dehors de la porte de Laranda (voir plus loin l'inscription n° 49).

## N° 37.

Mosquée d''Abd-ul-Mu'min, au dessus de la porte d'entrée. Inscription distique.

1 امر بحديد هدا المسحد المبارك المعروف بمسجد المغاربه فى ايام
دوله السلطان الاعظم ظل الله فى العالم غياث الدىيا والدين سلطان
الاسلام والمسلمين ابو الفتح كيخسرو بن قلج ارسلان خلد الله دولته
ونصر الويته

2 العبد الضعيف المحتاج الى رحمه الله الراجى عفو الله واحسانه محمود بن
امير الحاج ادام الله سعادته واحسن خاتمته فى شهور سنه اربع وسبعين
وستمايه والحمد لله وحده صلى الله على محمد

Les mots non ponctués, à la première ligne, ne sont guère difficiles à restituer. Je lis امر بتجديد هذا المسجد المبارك et plus loin غياث الدنيا والدين.

« A ordonné la restauration de cette mosquée bénie, connue sous le nom de *mosquée des Maghrébins*, sous le règne du grand sultan, ombre de Dieu dans le monde, Ghiyâth-ed-dounyâ w'èd-dîn, sultan de l'islamisme et des musulmans, le victorieux, Kaï-Khosrau, fils de Qylydj-Arslân (que Dieu éternise son empire et aide ses drapeaux!), le faible esclave qui a besoin de la miséricorde de Dieu et espère en son pardon et en ses bienfaits, Maḥmoûd, fils d'Émir el-Hâdjdj (que Dieu fasse durer sa prospérité et rende sa fin bonne!), dans le courant de l'année 674. Louange à Dieu seul! Que Dieu bénisse Moḥammed! »

On remarquera l'emploi de la formule : « Louange à Dieu seul! » qui est, pour ainsi dire, caractéristique du style maghrébin. L'année 674 commence le 27 juin 1275; elle correspond au règne de l'un des derniers sultans seldjouqides de Roûm, Ghiyâth-ed-dîn Kaï-Khosrau III, fils de Rokn-ed-dîn Qylydj-Arslân IV.

Ce souverain était monté sur le trône de Qonya en 663 (commençant le 24 octobre 1264), date sur laquelle la numismatique permet de ne plus conserver de doute. Son père Qylydj-Arslân IV avait été étranglé par les Mongols qui occupaient le territoire, sous l'impulsion du *pèrvânè* ou chambellan Moᶜîn-ed-dîn Soléïmân[1]. Le jeune prince avait alors deux ans et demi[2], et ce fut naturellement celui qui l'avait placé sur le trône, l'ancien chambellan de son père et son meurtrier, qui régna sous son nom. En 675 (commençant le 15 juin 1276), après douze ans de tranquillité, de grands désordres éclatèrent sous l'impulsion d'un émir nommé Chéref-ed-dîn. C'est en cette année que se produisit, à Erménâk, la révolte de Qaramân, qui devait fonder une dynastie sur les lieux mêmes où les Seldjouqides avaient régné si longtemps, et celle des Oûtch. L'approche des troupes égyptiennes empêcha le ministre de Kaï-Khosrau III de s'occuper de ces deux rébel-

1. Abou'l-Fédâ, éd. de Constantinople, t. IV, p. 5, qui place par erreur ces événements sous la date de 666. La vraie date est donnée par les monnaies de la collection Ghâlib-bey (*op. laud.*, p. 81).

2. Abou'l-Fédâ prétend qu'il avait quatre ans (*l. l.*). Suivant l'auteur du *Târîkh Munedjdjim-bâchy*, ce serait Qîwâm-ed-dîn qui aurait excité les Mongols contre le prince seldjouqide; son successeur aurait maintenu en place le ministre de son père, Fakhr-ed-dîn, mais la réalité du pouvoir serait passée, comme le dit Aboul'-Fédâ, aux mains du chambellan Moᶜîn-ed-dîn (t. II, p. 572-573).

lions. En effet, cette même année, le sultan mamlouk d'Égypte Mélik ezh-Zhâhir Béïbârs el-Bondoqdâri avait envahi l'Asie Mineure, à la recherche des Mongols. Il rencontra un gros de leurs troupes à El-Bistân, sous les ordres de Tanâoun, qu'il défit complètement le vendredi 10 dhou'l-qaᶜdé (16 avril 1277). Après ce succès, Béïbârs se rendit, au rapport d'Abou'l-Fédâ (IV, p. 10), à Qaïçariyya, où il devait se rencontrer avec le *pèrvânè* Moᶜîn-ed-dîn, à la suite d'une entente secrète qui s'était établie entre eux. Mais cette rencontre ne se produisit pas, et après être resté sept jours à Qaïçariyya et y avoir fait dire le prône en son nom, le sultan d'Égypte fut contraint, par suite du manque de provisions et de fourrage, de rentrer en Syrie. Moᶜîn-ed-dîn se trouvait alors à l'*ordou* d'Abaqâ ; il y fut mis à mort par ordre de l'empereur mongol, avec plus de trente personnes de sa maison.

A partir de ce moment, la tranquillité ne se rétablit plus en Asie Mineure, et des révoltes se manifestèrent de toutes parts. Ghiyâth-ed-dîn Kaï-Khosrau III mourut en 681 (commençant le 11 avril 1282), laissant un trône vacillant au fils de son oncle ᶜIzz-ed-dîn Kaï-Kâous II, Ghiyâth-ed-dîn Masᶜoûd II.

## N° 38.

Au-dessus de la porte du vieux Bézestân.

بدولت سلطان سلیمان
ولی القدر ذو قدر دی مولی
بکرد اماده بزازیه تاریخ
بزازن قدر زوی مولی

Vers persans, incorrects, sur le mètre *hazadj*. Il manque deux pieds au premier vers. Le sens semble être celui-ci :

« Sous le règne du sultan Suléimân, revêtu de la puissance, le fort, le maître, ont disposé le *Bezzâziyé* (marché aux toiles) les marchands toiliers du destin, chargés par lui (ce qui forme un chronogramme). »

Le calcul des valeurs numériques des lettres entrant dans la composition du dernier vers, ou même des deux derniers, n'aboutit à aucun résultat raisonnable. Cette inscription est néanmoins, de toute évidence, du temps du sultan ottoman Suléimân el-Qânoûnî.

N° 39.

Sur une pierre provenant de l'ancien château et conservée dans le vieux Bézestân, devenu une sorte de musée municipal.

عامر الحصن اباهر البُرهان

وهو سلطان محمد ازمرد

اسمعوا مر لسانى لما تحر

Fragment de poésie arabe. A joindre au numéro suivant.

N° 40.

Sur une autre pierre dans le même endroit.

قد بنى بالعلي مبانيه

لا ارى فى الديا امدانه

خلد الله عدل بانيه

Fragment de poésie arabe. En joignant l'un à l'autre les nos 39 et 40, on a les vers arabes suivants (mètre *khafîf*, incorrect) :

عامِرُ الحِصْنَ باهرُ البُرهانْ    قد بنى بالعُلى مبانيه

وَهْوَ سلطان محمّدُ بْنُ مُراد    لا أرى فى الديار مدانيه

اسمعوا من لسانىَ آلتأريخْ    خَلَّد اللهُ عَدْلَ بانيه

« Il a restauré la forteresse, celui dont la preuve est brillante ; il en a élevé les constructions dans les airs.

« C'est le sultan Moḥammed, fils de Mourâd ; je ne vois, dans aucun pays, personne qui l'égale.

« Écoutez de ma bouche ce chronogramme : Dieu éternise la justice de son constructeur ! »

Le calcul des lettres entrant dans la composition du chronogramme donne l'année de l'hégire 872 (commençant le 2 août 1467), qui correspond au sultan ottoman Moḥammed II, fils de Mourâd II.

En 1466, le sultan Moḥammed, désireux de joindre la Qaramanie à ses États, s'était emparé de Qonya où résidait Pîr-Aḥmed, fils d'Ibrâhîm-bey. Il tenta en vain de prendre Isḥaq-bey, qui s'était réfugié à Laranda et qui s'enfuit; il fit exterminer tout ce qui restait de la famille turque des Torghoût (voir plus loin, inscription n° 45), et transporta à Constantinople, suivant la vieille coutume des potentats orientaux, les ouvriers de Qonya et de Laranda. Telle fut la fin de la dynastie de Qaramân[1]. Notre inscription montre que l'année qui suivit ces événements, le sultan Moḥammed se croyait si peu sûr de la conquête du pays et si peu à l'abri d'un retour offensif d'Isḥaq-bey, réfugié auprès d'Ouzoun-Ḥasan, qu'il prit soin de faire réparer et restaurer le château de Qonya.

N° 41.

Inscription sur une pierre conservée dans le vieux Bézestân, de provenance inconnue.

السلطانى

الحسن بن يوسف وما فلا

« [Édifice] impérial. El-Ḥasan, fils de Yoûsouf..... »

N° 42.

Sur la tour sud de la citadelle, la seule à peu près intacte.

السو بارسى يروسله نطالمه

كان سنه عشره وستمايه

« . . . . . . . . . C'était l'année 610. »

1. Hammer, *Histoire de l'Empire ottoman*, t. III, p. 119.

La première ligne est complètement inintelligible. Par le procédé de l'anagramme, on peut supposer que le commencement représente les mots بانى السور, « le constructeur du mur d'enceinte », ou السوباشى, « le çoû-bâchy », nom d'une fonction du temps des Seldjouqides. Le dernier mot doit être u [ا]نطاليه, « Adalia ».

L'année 610 a commencé le 23 mai 1213; elle correspond au règne d'ʿIzz-ed-dîn Kaï-Kâous Ier. D'après les historiens, ce serait en 611 que ce souverain aurait repris Adalia; mais on sait que cette période est assez confuse dans leurs récits (voir plus haut, inscription d'Isḥâqly, n° 11). Peut-être y a-t-il dans le texte ci-dessus quelque allusion à la prise d'Adalia, qu'il faudrait alors reporter à l'an 610.

## N° 43.

Sur un tombeau, dans le mausolée de Turghut-Oghlou Aḥmed-bey.

توفى من دار الفنا الى دار البقا المرحوم
المغفور السعيد الشهيد معجز الامرا
والاكابر بو جوان نامراد . . . . . .

« A été rappelé de la demeure périssable à la demeure éternelle, le défunt pardonné, heureux et martyr, celui qui a fait des merveilles d'entre les émirs et les grands, (en turc :) ce jeune homme qui n'a pas atteint l'objet de ses désirs..... »

Pierre tumulaire d'un jeune émir musulman, tué à la guerre sainte. Si le fragment d'inscription coté n° 44 ci-dessous appartient au même monument funéraire, on pourrait en conclure que le personnage qui est enterré dans ce tombeau a vécu sous le règne du sultan ottoman Suléimân Ier.

## N° 44.

**A côté de la précédente inscription, sur une pierre encastrée dans le dallage.**

. . . . . وثلثين وتسعما]ية . . . . .

« [An] 93. . »

La période 930-939 s'étend du 10 novembre 1523 au 22 juillet 1533, et correspond au règne du sultan ottoman Suléimân Ier.

N° 45.

Au-dessus de la porte d'entrée du jardin qui précède le même mausolée, sur le linteau; inscription tristique.

1 امر بعمارة هذه المقبرة التربة المباركة الشريفة الامير الكبير والقدير الخطير
بك جسير بن

2 ابن شاه مير بك بن طرغوت فى ايام دولة السلطان الاعظم شاهنشاه
المعظم مالك رقاب الامم

3 سيد سلاطين العرب والعجم سلطان ابراهيم بن محمد بن قرمان خلد
الله ////////// فى شهر شوال من شهور سنة ثلثين وثمانماية

« A ordonné la construction de ce cimetière [et de] ce mausolée béni et noble, le grand et puissant prince Bek-Djésîr (?), fils de Châh-mîr-bek, fils de Torghoût, sous le règne du grand sultan, roi des rois magnifié, dominateur des peuples, seigneur des sultans arabes et persans, le sultan Ibrâhîm, fils de Moḥammed, fils de Qaramân (que Dieu éternise. . . . . . . .!), dans le mois de chawwâl de l'an 830. »

Le mois de chawwâl 830 a commencé le 26 juillet 1427. La famille de Torghoût était, selon les historiens ottomans, une tribu tatare qui s'était fixée dans les environs de Laranda après le départ de Timour. Il faut n'accepter que sous réserves cette énonciation. Notre inscription montre qu'un petit-fils de Torghoût, fondateur de cette famille, s'était établi à Qonya dans la première moitié du IXe siècle de l'hégire. Il se pourrait fort bien que celui-ci fût ce même Torghoût qui avait été chassé de ses domaines par Ibrâhîm-beg, prince de Qaramân, et réinstallé, après la défaite de ce dernier, sur l'ordre du sultan ottoman Mourâd II (Hammer, t. II, p. 288). Le fameux corsaire Turghut, appelé *Dragut* par les Européens, était fils d'un chrétien du *sandjaq* de Mentéché; peut-être se rattachait-il, au moins par le nom, à cette même famille (Hammer, t. VI,

p. 172) impitoyablement détruite par le sultan Moḥammed II (ci-dessus, inscription n° 40), mais dont quelques membres avaient peut-être pu échapper au massacre en se cachant dans les solitudes désertes du Taurus.

Moḥammed-beg II, fils d'ᶜAlâ-ed-dîn (nommé aussi ᶜAlî-beg), prince de Qaramân, ne peut avoir été tué au siège d'Adalia, en l'année 830, comme le prétend le *Târîkh Munedjdjim-bâchy* (t. III, p. 28)[1], ni avoir cessé de régner en 829, comme l'a admis Ghâlib-bey dans le catalogue de sa collection de monnaies (p. 112), puisque cette même collection contient une monnaie frappée à Qonya, où la date de 825 est très lisible (comparez la phototypie à la fin du catalogue) et qui porte le nom de son fils et successeur Ibrâhîm. Il faut donc reconnaître que ce dernier est monté sur le trône au plus tard en 825. Il y avait donc cinq ans qu'il régnait à Qonya lorsque fut tracée l'inscription ci-dessus.

Ibrâhîm-beg avait reçu du sultan Mourâd II l'investiture de la province de Qaramanie, à condition de restituer la partie du territoire de Ḥamîd que Moḥammed-beg avait conquise. En 1433, cédant aux conseils de l'empereur Sigismond et du despote de Servie, il reprit les armes, fut obligé de s'enfuir devant la marche triomphale de Mourâd et n'obtint la paix que grâce aux supplications de sa femme, sœur du sultan ottoman, et aux habiles négociations d'un cheikh de l'ordre religieux des Mevlévîs, nommé Ḥamza-beg, d'après Saᶜd-ud-dîn (Hammer, t. II, p. 288 et 491). Dix ans plus tard, en 1443, profitant de ce que Mourâd II était aux prises avec Jean Hunyade, il rompit de nouveau la trêve et s'empara de plusieurs villes, mais il ne put tenir contre les troupes ottomanes et se vit enlever Qonya; néanmoins il put encore obtenir un pardon complet (Hammer, t. II, p. 301). Vingt ans après, il mourut (1463), laissant plusieurs fils qui se firent une guerre acharnée, ce qui amena l'intervention du sultan Moḥammed II et l'annexion définitive de la Qaramanie à l'empire ottoman (Hammer, t. III, p. 115).

D'après le protocole conservé par une lettre du sultan

1. Comparez Hammer, *Histoire de l'Empire ottoman*, t. II, p. 258.

Mourâd II, qui figure dans le recueil de Féridoûn-bey (t. I, p. 168), Ibrâhîm-beg portait le titre honorifique de Tâdj-ed-dîn ; ce titre ne se retrouve ni sur les monnaies, ni dans les inscriptions.

N° 46.

Au-dessus de la porte d'entrée du tombeau du cheikh Çadr-ed-dîn Qonyéwî. Inscription distique.

1 انشى هذه العماره المباركه مع التربة التى فيها للشيخ الامام المحقق
العالم الرياضى سر محمد بن اسحق بن محمد رضى الله عنه

2 ودار الكتب التى فيها له ايضا مع كتبه الموقوفة عليها كما ذكر ذلك
وشرط وبين الوقفيه برسم الفقرا الصالحين من اصحاب المتوجهين
بقلوبهم وقالهم الله تعالى فى شهور سنة ثلث وسبعين وستمايه

« A été élevée cette construction bénie, avec le mausolée qui s'y trouve, pour le cheikh et imâm, l'investigateur, le savant dans la vie ascétique, mystère de Moḥammed, fils d'Isḥaq, fils de Moḥammed (que Dieu soit satisfait de lui !), ainsi que la bibliothèque qui s'y trouve [également], contenant ses livres érigés en fondation pieuse (*waqf*), ainsi qu'il l'avait prescrit et en avait fait une condition, et avait spécifié cette fondation à la façon des pauvres honnêtes parmi les compagnons qui se dirigent selon leur cœur : et Dieu très haut le [leur] a dit. Dans le courant de l'année 673. »

Le mot سِرّ, « mystère », est le terme usité pour désigner un tombeau de saint ; comparez la formule connue قدّس الله سرّه, « que Dieu sanctifie son mystère (c'est-à-dire son tombeau) ! » — L'année 673 a commencé le 7 juillet 1274 ; elle correspond au règne de Ghiyâth-ed-dîn Kaï-Khosrau III (voir ci-dessus l'inscription n° 37).

Aboul'-Maᶜâlî Moḥammed ben Isḥaq ben Moḥammed ben Yousouf ben ᶜAlî naquit dans la nuit qui précéda le jeudi 22 djoumâda II 605 (1er janvier 1209) et mourut le jeudi (et non dimanche) 13 moḥarrem 673 (19 juillet 1274)[1], âgé de soixante-huit ans lunaires. Cette date, au moins en ce qui concerne

1. Ces dates sont données par un *djoung* ou album de ma collection.

l'année, est confirmée par l'inscription ci-dessus. D'après Djâmi[1], il entretint une correspondance avec Naçîr-ed-dîn Ṭoûsî; il composa plusieurs ouvrages intitulés *Tafsîr-i Fâtiḥa*, « commentaire sur le premier chapitre du Qor'ân », *Miftâḥ el-Ghaïb*, « la clef du mystère », [*en-*]*Nafaḥât el-Ilahiyyé*, « effluves divins », dont le dernier est recommandé à qui veut comprendre la perfection atteinte par ce cheikh dans la voie mystique. C'était un grand ami de Djélâl-ed-dîn Roûmî; ce dernier, qui mourut avant lui, le chargea, par testament, de prononcer la prière funèbre à ses obsèques.

Un jour, il y avait grand conseil, et les principaux personnages de Qonya s'étaient réunis. Le cheikh Çadr-ed-dîn était assis en haut du sofa, sur un tapis. Djélâl-ed-dîn Roûmî étant entré, le cheikh lui céda son tapis. Le poète persan s'assit, puis, ayant réfléchi, s'écria : « Mais quelle réponse donnerai-je au jour de la résurrection, si l'on me demande pourquoi je me suis assis sur le tapis du cheikh? » Celui-ci répondit : « En ce cas, asseyez-vous à un coin, et moi à l'autre ». Djélâl-ed-dîn s'assit; mais le cheikh, s'apercevant que sa condescendance allait lui faire trahir son serment d'humilité, dit : « Le tapis où vous vous êtes assis ne vous convient pas, ni à moi non plus. » Il l'enleva et le lança au loin.

## N° 47.

**Coupole isolée, dans la plaine, non loin du précédent mausolée. Inscription tristique.**

1 هذه القبة تربة الفقير الى الله تعالى شهاب الدين عمر الحسينى

2 بن عم الدانور رحب ولله جعله يوم القيامة من الفايرين باطفه

3 وكرمه بحرمة محمد عليه السلام والتحية فى غرة المحرم سنة ثلث وست
وستماية

« Cette coupole est le tombeau du pauvre devant Dieu (qu'il soit exalté!) Chihâb-ed-dîn ʿOmar El-Ḥosaîni, fils de ʿAmm-ed-dîwân (?). . . . . . . (que Dieu le place, au jour de la résurrection, parmi les élus!) par sa faveur et sa grâce, en

1. *Nafaḥât el-Ons*, ms, de ma collection, f° 273 v°.

considération du peuple de Moḥammed (que le salut et les salutations soient sur lui!), le premier jour du mois de moḥarrem 663. »

Je lis, au commencement de la deuxième ligne, الديوان, en intervertissant les lettres, et à la fin من الفائزين بالطفد ; à la troisième, أمّة, بحُرمَتِه, et à la fin ستّين au lieu de ستّ qui est une faute évidente. La date de cette inscription correspond au 24 octobre 1264 et au règne de Rokn-ed-dîn Qylydj-Arslân IV, qui fut remplacé, avant la fin de cette même année de l'hégire, par son fils Ghiyâth-ed-dîn Kaï-Khosrau III (voir ci-dessus, inscription n° 37).

N° 48.

Sur les ruines des murs d'enceinte de la ville, à gauche de la porte de Larenda (ancienne Laranda, aujourd'hui Qaramân).

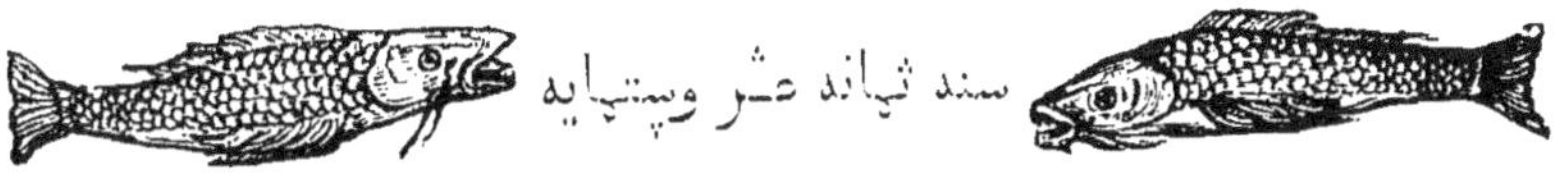


Je lis : سنة ثمانية عشر وستمائة, « an 618 ». Remarquez les trois points sous le س du mot ستمائة, comme dans l'écriture persane dite *taʿlîq*.

Cet endroit est le seul où il reste quelques traces de l'ancien mur d'enceinte de la place, qui est devenu une carrière où l'on a puisé, toutes taillées, les pierres qui ont servi à élever la plupart des constructions modernes de la ville de Qonya. C'est en 618 (commençant le 25 février 1221) qu'ʿAlâ-ed-dîn Ḳaï-Qobâd Ier fit élever les murs de Qonya et de Sîwâs. Pour ce qui est de sa capitale, Ḳaï-Qobâd fit construire à ses frais les quatre portes de la ville et plusieurs tours importantes; les autres constructions furent attribuées à chacun d'entre les beys, qui eurent à contribuer à cette dépense, chacun selon ses moyens. On orna les murailles de sculptures et de statues de marbre blanc, débris de l'antique Iconium, que les voyageurs ont vues il y a cinquante ans, et dont il ne reste plus trace aujourd'hui; on y traça des versets du Qor'ân, des traditions célèbres du Prophète, des apophtegmes et des vers persans extraits du *Châh-nâmèh* de Firdausi. « Après l'achèvement des murs, dit Ibn-Bîbî (Houtsma, t. III, p. 258), le sultan les examina, les approuva et ordonna que, de même que ses noms et surnoms avaient été inscrits en lettres d'or sur les portes et les tours, ceux des beys fussent également inscrits sur les tours qu'ils avaient construites, afin de conserver à travers les siècles la renommée de leur dévouement. »

## N° 49.

**Portail d'une mosquée en dehors de la porte de Larenda; cette mosquée, dont il ne reste que cette portion de la façade, est placée juste devant le mausolée de Çâḥib 'Aṭâ (voir plus loin, n° 50).**

امر بعمارة هذا المسجد المبارك . . . . .

« A ordonné de construire cette mosquée bénie..... »

Le reste n'est pas lisible à cause de l'entrelacement fantaisiste des lettres. A droite et à gauche de la fontaine pratiquée dans le portail, on lit dans deux cartouches :

| | |
|---|---|
| بن عبد الله | عمل كالو |

« Œuvre de Kaloûl, fils d'ʿAbdallah. »

Je lis كلول dans le cartouche de droite, et بن dans celui de gauche. Ce nom me paraît être le même que celui qui figure déjà dans l'inscription n° 36, sauf que celle-ci appelle cet architecte كلوس au lieu de كلول. Il m'est impossible de choisir entre ces deux leçons, qui ont chacune de bonnes raisons en leur faveur.

## N° 50.

**Mausolée de Çâḥib 'Aṭa[1]; au-dessus de la porte principale, sous le portique. Les cinq premières lignes sont presque illisibles à cause de leur enchevêtrement. L'inscription complète se compose de neuf lignes.**

1 حسبى الله

2 بنى وانشا هذه الحكمة (?) . . . . . . . . . . .

: . . . . . . . . . . . . . . . . . . . . . . . .

1. Sur ce nom, voir ci-dessus l'inscription n° 12.

5 . . . . . . السلطان المعظم ظل الله فى العالم علا الدنيا والدين

6 ابو الفتح كيخسرو بن قلج ارسلان برهان امير المومنين خلد الله

7 ملكه وابد دولته العبد الضعيف الراجى رحمة

8 اللطيف على بن الحسين بن الحاج ابى بكر

9 تقبل الله منه فى شهور سنة ثمان وستين وستماية

« Dieu me suffit ! A construit et élevé ce tribunal. . . . . . . . . . [sous le règne] du sultan magnifié, ombre de Dieu dans l'univers, (Ghiyâth)-ed-dounyâ w'èd-dîn, le victorieux, Kaï-Khosrau, fils de Qylydj-Arslân, preuve du Prince des croyants (que Dieu éternise son empire et perpétue son royaume !), le faible esclave qui espère en la miséricorde [de son Seigneur] le doux, ʿAli, fils d'El-Hoséïn, fils d'El-Hâdj Abou-Bekr (que Dieu accepte. . . . . !), dans le courant de l'année 668. »

Bien que ma copie porte lisiblement علا à la cinquième ligne, il faut de toute nécessité lire غياث. L'année 668 a commencé le 31 août 1269 ; ce monument remonte au règne de Ghiyâth-ed-dîn Kaï-Khosrau III, fils de Qylydj-Arslân IV, dont nous avons établi le début en l'an 663 (voir ci-dessus n° 37), et qui était encore en bas âge. Nous verrons, par l'inscription n° 51 ci-après, que le constructeur de ce mausolée, qui servit de tribunal, si la lecture de la deuxième ligne est bonne, portait le surnom honorifique de Fakhr-ed-dîn, remplissait à la cour du souverain seldjouqide les fonctions assez indéterminées de *çâḥib* (compagnon du prince, garde-noble ?), et mourut en 684 (1285). Je pense que c'est le même qui, en 659, fit élever le couvent qui est devenu depuis le Ṭâch-Medrèsé d'ʿAq-Chéhir (ci dessus, inscription n° 14). Kaï-Kâous II régnait alors à Qonya, et le çâḥib Fakhr-ed-dîn ʿAli ben el-Hoséïn était son *wazîr* ou premier ministre. Notre inscription de Qonya semble démontrer que ce personnage avait perdu ses fonctions de *wazîr* sous Kaï-Khosrau III ; nous verrons, par l'inscription funéraire de son tombeau (ci-dessous, n° 51), qu'il portait encore, au moment de sa mort, le titre de *çâḥib*.

N° 51.

Tombeau à l'intérieur du même mausolée.

للعاد الـ . . . . . . . . . الصاحب المعظم
فخر الدين على بن الحسين نور الله مثواه
فى اواخر شوال سنه اربع وثمانين وستمايه

« . . . . . le *çâhib* magnifié, Fakhr-ed-dîn ᶜAlî, fils d'El-Hoséïn (que Dieu illumine son tombeau !), à la fin du mois de chawwâl de l'année 684. »

Cette date correspond à la dernière semaine de décembre 1285 ; Ghiyâth-ed-dîn Masᶜoûd II régnait à Qonya. Sur Fakhr-ed-dîn ᶜAlî, voir le n° 50.

N° 52.

Sur un autre tombeau, dans le même endroit (carreaux de faïence).

يوم الجمعه
الحادى والعشرون ذى
الحجه سنة خمس وسبعين
وستمايه الى جوار
الحق تغمده الله بغفرانه

« [Fut transporté un tel] le vendredi 21 dhou'l-hidjdjé de l'an 675, dans le voisinage de la Justice divine (que Dieu le couvre de son pardon !). »

La date qui figure sur ce monument correspond au 26 mai 1277 et au règne de Ghiyâth-ed-dîn Kaï-Khosrau III. Je n'ai pas pu retrouver le nom du personnage qui est enterré là.

## N° 53.

Porte du Çyrtchaly-Medressé (le collège de verre)

السلطانى
رسم بعمارة هذه المدرسة
المباركة فى دولة السلطان الاعظم ظل الله فى
العالم غياث الدنيا والدين علم الاسلام والمسلمين ابى الفتح
كيخسرو بن كيقباد قسيم امير المومنين العبد الى رحمة ربه بدر الدين مصلى
ادام الله توفيقه ووقفها على الفقها والمنفقه من اصحاب
ابى حنيفة ////////// رضى الله عنه فى سنة اربعين وستمائة

« [Édifice] impérial. A prescrit la construction de ce collège béni, sous le règne du grand sultan, ombre de Dieu dans l'univers, Ghiyâth-ed-dounyâ wè'd-dîn, drapeau de l'islamisme et des musulmans, le victorieux, Kaï-Khosrau, fils de Kaï-Qobâd le copartageant du Prince des croyants, l'esclave [qui a besoin] de la miséricorde de son Seigneur, Bedr-ed-dîn . . . . . çalî (que Dieu perpétue ses succès!). Il en a fait une fondation pieuse pour les jurisconsultes et [leur] dépense, du rite d'Abou-Ḥanîfa. . . . . (que Dieu soit satisfait de lui!). An 640. »

L'année 640 a commencé le 1er juillet 1242; elle correspond au règne de Ghiyâth-ed-dîn Kaï-Khosrau II (voir plus haut, inscription n° 9 de Tchâï).

## N° 54.

Mausolée dit *Aya-Çofya.*

1 انشا هذه المقعد فى ايام دولة السلطان محمد علا الدين خلد الله مملكته
صاحب الخيرات

2 والحسنات محمد بن الحاج خاصبك الخطيبى اعلى الله شانه وجعلها دار
الحفاظ سنة اربع وعشرين وثمانمائة

« A construit cet édifice pieux, sous le règne du sultan Moḥammed [fils de] ʿAlâ-ed-dîn (que Dieu éternise son empire !), le bienfaiteur, l'honnête Moḥammed ben el-Hâdj Khâç-beg el-Ḥaṭîbî (que Dieu élève son rang !). Il en a fait une demeure pour ceux qui récitent le Qor'ân par cœur. An 824. »

Je lis البقعة à la première ligne, جعلها et ثمانمائة à la seconde. L'an 824 a commencé le 6 janvier 1421. Nous avons établi précédemment, à l'occasion de l'inscription nº 45 et d'après une monnaie de la collection de Ghâlib-bey, que le règne du prince de la famille de Qaramân, Moḥammed-beg, n'a pas pu se prolonger au delà de l'année 825. La présente inscription aurait donc été tracée dans la dernière année de son règne.

C'est avec ʿAlâ-ed-dîn, fils de Yakhchî-beg, qui semble le même personnage appelé ʿAli-beg par certains historiens[1], que commencèrent les démêlés de la famille d'ʿOsmân avec les princes de Qaramân. Dans les premiers temps du règne de Mourâd Iᵉʳ, ʿAlâ-ed-dîn avait excité les Warsâqs à se joindre aux rebelles d'Angora (Hammer, *op. cit.*, t. I, p. 265); mais cette ville fut prise. Son mariage avec Néfîsè, fille de Mourâd, scella la paix, qui ne fut pas de longue durée. A l'occasion de la conjuration de Saoûdji, ʿAlâ-ed-dîn reprit les armes; Mourâd rassembla ses troupes et en prit lui-même le commandement. Une bataille fut livrée devant Qonya; ʿAlâ-ed-dîn fut défait et assiégé dans la ville; il finit par obtenir la paix à des conditions humiliantes. Cela se passait en 791 (1389), l'année même de la bataille de Kossova.

Bayézîd Iᵉʳ Yildyrym, sous le prétexte de défendre les droits du prince de Ḥamîd, envahit de nouveau la Qaramanie; ʿAlâ-ed-dîn, qui avait été obligé de se réfugier dans les gorges du Taurus, recouvra ses États en en sacrifiant une partie

1. Notamment Sa'd-ad-dîn, *Tâdj ut-tévârîkh*, t. I, p. 128. Le *Târîkh Munedjdjim-bâchy* fait deux personnages différents d''Alâ-ed-dîn et d''Alî-beg.

(793 = 1391). Moḥammed-beg, son fils, fut rétabli sur le trône par Tîmoûr. En 816 (commençant le 3 avril 1413), profitant des démêlés du sultan Moḥammed Ier avec son frère Moûsâ, il tenta de s'emparer de Brousse, qu'il assiégea pendant quarante jours ; mais grâce à la vigoureuse défense du gouverneur Ḥâdji ʿIwazh-pacha, il ne put réussir dans son entreprise, dont il désespéra tout à fait lorsque le corps de Moûsâ fut amené dans la ville pour y être enterré. Il s'enfuit[1] et mourut à Qonya à une date qui ne peut pas être postérieure à 825, comme nous venons de le démontrer.

Il portait le titre honorifique de Chems-ed-dîn, que nous ne retrouvons pas sur les monuments épigraphiques et numismatiques, mais qui figure dans une lettre émanée de la chancellerie ottomane, datée de Brousse, dans le mois de rédjeb 818 (septembre 1415) et conservée dans le recueil de Féridoûn-bey (t. I, p. 149).

N° 55.

Pierre sur la porte d'une maison dans le quartier arménien appelé *Arslân-Tâch.*

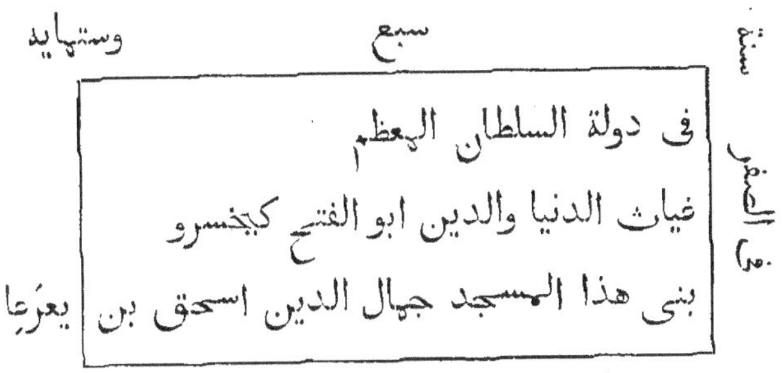


« Sous le règne du sultan magnifié, Ghiyâth-ed-dounyâ w'èd-dîn, le victorieux, Kaï-Khosrau, a construit cette mosquée Djémâl-ed-dîn Isḥaq, fils de Yaʿraʿâ (?). »

Autour de l'encadrement :

« Dans le mois de çafar de l'an 607. »

1. Tout ce que le *Târîkh Munedjdjim-bâchy* (t. III, p. 27) raconte après cet événement s'applique à son fils Ibrâhîm.

Cette date correspond au mois d'août 1210; Ghiyâth-ed-dîn Kaï-Khosrau I^er^ régnait encore à Qonya. Cela me paraît indubitablement prouvé par cette inscription, dont la lecture ne laisse pas place au doute. Il est vrai que la collection de Ghâlib-bey (*op. cit.*, p. 22) contient une monnaie d'argent frappée à Qonya en 606 par ʿIzz-ed-dîn Kaï-Kaoûs I^er^; mais en présence de notre inscription, cette date me semble tout à fait douteuse, et comme l'auteur du catalogue de monnaies de Ghâlib-bey n'a pas donné la représentation phototypique de cette pièce, il nous sera permis, jusqu'à nouvel ordre, de croire à une erreur de lecture et d'adopter la date de 607 pour celle de la mort de Kaï-Khosrau I^er^ (voir ci-dessus, inscriptions n° 11 et n° 33). Le champ de bataille où cet événement se produisit est trop peu éloigné de Qonya pour supposer qu'au mois de çafar de cette année le lapicide ignorât la fin tragique de ce souverain.

N° 56.

Fontaine dans le quartier de Chèmsî.

امر بعمارة هذا العين السلطان الاعظم ظل الله
فى العالم السلطان بن سلطان سلطان سليم شاه خان
ابن سلطان بايزيد خان اعز الله انصاره فى سنة ست وعشرين وتسعمايه

« A ordonné la construction de cette fontaine, le grand sultan, ombre de Dieu dans l'univers, le sultan fils de sultan, Sultân Sélîm-châh, le Khan, fils du sultan Bâyézîd-Khan (que Dieu rende glorieuses ses victoires!), l'an 926. »

L'an 926 commence le 23 décembre 1519; c'est celle où mourut Sélîm I^er^, conquérant de l'Égypte (8 chawwâl 926 = 22 septembre 1520).

N° 57.

**Mausolée d'ʿAtéch-bâz Vélî (le saint artificier), sur la route de Mérâm, à quarante-cinq minutes de Qonya. Au-dessus de la fenêtre qui donne sur la route.**

هذا القبر
السعيد الشهيد المرحوم شهر

الهلة والدين بن يوسف بن عز الدين
نشر الى رحمة الله تعالى في شهر رجب
سنة اربع وثمانين وسعر الله

« Ce tombeau [est celui de] l'heureux martyr, le pardonné, Chèms el-millè w'èd-dîn, fils de Yousouf, fils d'ʿIzz-ed-dîn. Il a ressuscité vers la miséricorde du Dieu très haut, dans le mois de rédjèb de l'an 684. (Que Dieu lui pardonne!) »

Je lis, à la première ligne, المرحوم شمس; à la troisième, نشر, et à la quatrième ستمائة, d'après l'inscription n° 58 ci-dessous, et enfin غفر الله [له]. La date donnée correspond au milieu de septembre 1285, et aux premières années du règne de Ghiyâth-ed-dîn Masʿoûd II, avant-dernier souverain seldjouqide.

N° 58.

Sur le tombeau lui-même, à l'intérieur dudit mausolée. D'un côté :

هذا القبر
السعيد شهيد
سمر الدين بن يوسف بن عز الدين

De l'autre côté :

في منتصف
شهر رجب
سنة اربع وثمانين وستمايد

« Ce tombeau [est celui de] l'heureux martyr Chèms-ed-dîn, fils de Yoûsouf, fils d'ʿIzz-ed-dîn. »

Dans le milieu du mois de rédjeb de l'an 684 (milieu de septembre 1285).

# TROISIÈME PARTIE

## *Sîwâs.*

Sîwâs, l'ancienne Sébaste, a conservé de la domination des Seldjouqides des restes de beaux monuments qui ont toujours fait l'admiration des voyageurs. Dans son mémoire adressé à l'Académie des Inscriptions et Belles-Lettres daté d'Erzeroum, 7 août 1838[1], Eugène Boré, alors sur la route de Perse où devait se révéler sa vocation religieuse, énumère les monuments du moyen âge que cette ville possède encore :

1° Il parle d'abord des deux citadelles de la ville, l'une supérieure et l'autre inférieure. Il a relevé, inexactement d'ailleurs, l'inscription arabe placée sur la porte principale de la citadelle inférieure, qui donne la date de la reconstruction de ce château, en 621 de l'hégire. Cette inscription, gravée sous le règne d'ʿAlâ-ed-dîn Kaï-Qobâd Ier, indique que les fortifications de Sîwâs n'ont été achevées, par la construction de la citadelle inférieure, qu'en 621 (1224). Comparez ce que nous avons dit au sujet de l'inscription n° 48 ci-dessus. Les ruines de la citadelle inférieure ont provoqué l'admiration du futur maréchal de Moltke quand il les visita le 11 mars 1838 : « Je n'ai vu nulle part, écrivait-il alors, dans aucune église gothique, une richesse de sculptures comparable à ce qu'offre la façade de la mosquée turque. Chaque pierre est une ciselure faite avec le plus grand art. Le portail est tout ce que l'on peut imaginer de plus gracieux, de plus élégant, de plus magnifique; des guirlandes de fleurs, des feuilles et des arabesques couvrent la moindre surface, et pourtant le tout fait un effet des plus harmonieux[2]. »

2° Un hôpital construit en 624 par le même souverain, qui était alors transformé en *tekkié* ou couvent, occupé par quelques étudiants en théologie (voir l'inscription n° 61, plus loin).

1. Publié dans la *Correspondance et Mémoires d'un voyageur en Orient*, Paris, 1840, t. Ier, p. 357 et suivantes.

2. *Lettres du maréchal de Moltke sur l'Orient*, traduites, p. 195.

3° Une école bâtie dans le même siècle, et élevée par un Mohammed, fils de Mohammed, qui prend le nom de Soleil de la religion et du monde (voir inscription n° 60, plus loin).

4° Une école qui a pour fondateur Ghiyâth-ed-dîn Kaï-Khosrau Ier, fils de ᶜIzz-ed-dîn Qylydj-Arslân II ; c'est aujourd'hui le *Geuk-Médrésé* (voir inscription n° 65, plus loin).

5° Une autre école, « œuvre d'un pieux personnage, comme l'indiquent les inscriptions mystiques qui entourent son tombeau. Il était appelé *Muzaffer-Houbet* (sic)-*ullah* ».

M. Séon, vice-consul de France à Janina, qui était, au commencement de 1893, titulaire du poste de Sîwâs, a bien voulu, à ma demande, faire copier les inscriptions arabes figurant sur les monuments seldjouqides de cette ville. C'est d'après sa copie qu'elles sont données ici.

## N° 59.

En face du médrésé dit *Chifâ'iyyé*.

وماكان المؤمنون لينفروا كافّة فلولا نفر من كلّ فرقة منهم طائفة
ليتفقّهوا فى الدين ولينذروا قومهم اذا رجعوا اليهم لعلّهم يحذرون

« Il ne faut pas que tous les croyants marchent à la fois à la guerre. Pourquoi ne marcherait-il pas plutôt un détachement de chaque tribu, afin que, s'instruisant dans la foi, les uns puissent instruire à leur retour leurs concitoyens, et afin que ceux-ci sachent se prémunir? » (Traduction de Kazimirski).

Verset du Qor'ân, sourate IX, v. 123.

## N° 60.

Au-dessus de la porte du même médrésé (en face, par conséquent, de la *Chifâ'iyyé*).

امر بعمارة هذه المدرسة الصاحب الاعظم ملك الملوك الوزراء فى العالم
شمس الدنيا والدين محمد بن محمد بن محمد صاحب الديوان خلّد الله دولته
فى سنة سبعين وستمائة

« A ordonné la construction de ce collège le grand *çaḥib*, prince des princes chargés des affaires [du peuple] dans le monde, Chèms-ed-dounyâ w'èd-dîn Moḥammed, fils de Moḥammed, fils de Moḥammed, maître du conseil (que Dieu éternise sa prospérité!), en l'an 670. »

Cette date (année commençant le 6 août 1271) correspond au règne de Ghiyâth-ed-dîn Kaï-Khosrau III (comparez inscription de Qonya n° 37, ci-dessus)[1]. Nous n'avons pas trouvé de renseignements sur ce Chems-ed-dîn Moḥammed.

N° 61.

Au-dessus de la porte d'entrée du médrésé dit *Chifâ'iyyé*, ancien hôpital[2].

امر بعمارة هذه الدائرة الصحة السلطان ظل الله فى العالم ادام الله ايامه
عز الدنيا والدين ركن الاسلام والمسلمين سلطان البر والبحر بآل سلجوق
ابو الفتح كيكاوس بن كيخسرو برهان امير المؤمنين تاريخ فى سنة اربعة [و]ستمائة

« A ordonné de construire ce cercle de santé[3], le sultan, ombre de Dieu dans l'univers (qu'il éternise ses jours!), ᶜIzz-ed-dounyâ w'èd-dîn, pierre angulaire de l'islamisme et des musulmans, souverain de la terre et de la mer pour la famille de Seldjoûq, le victorieux Kaï-Kâous, fils de Kaï-Khosrau, preuve du Prince des croyants, à la date de l'année 604[4]. »

L'essai de traduction donné dans le récit de voyage du comte de Cholet (ouvrage cité, p. 93) porte la date de 604, comme ma copie; Eugène Boré a lu 624. Ces dates sont

1. On peut voir une phototypie représentant la porte de ce medressé, dans le récit du voyage du comte de Cholet, *Arménie, Kurdistan et Mésopotamie*, Paris, Plon, 1892, p. 10, et un essai de traduction de cette inscription, p. 93, note.

2. Voir la photographie donnée dans le même ouvrage, p. 46.

3. Eugène Boré a lu دار الصحة.

4. Notre copie a par erreur ستماة. Le mot اربعة est également incorrect; il faut lire اربع. Voir un essai de traduction dans le récit de voyage du comte de Cholet, *l. l.*

inexactes; il faut lire 614 (commençant le 10 avril 1217), c'est la seule qui convienne au règne d'ʿIzz-ed-dîn Kaï-Kâous Ier, qui débuta en 607 pour finir en 616 (voir l'inscription d'Isḥâqly, n° 11). Sur le *dâr ech-chifâ* que ce prince avait fait construire et où il fut enterré, comparez Ibn-Bîbî (textes publiés par M. Houtsma, t. III, p. 183).

Les mots « couronne de la maison des Seldjouqides » lus par Boré et « diadème de la dynastie seldjouk » lus par le lieutenant Julien (Cholet, *ibid.*) prouvent qu'il y a un mot de passé dans ma copie et qu'à la troisième ligne il faut lire تاج آل سلجوق et modifier la traduction en conséquence. De même je soupçonne, d'après l'expression « cour de santé » employée par le lieutenant Julien, que la lecture de Boré دار الصحة doit être bonne et que le texte épigraphique porte en effet دار (ce qui signifie, en Syrie, « cour d'une maison »), d'où la traduction ci-dessus) au lieu de الدائرة.

N° 62.

Au-dessus d'une grande voûte qui se trouve à l'intérieur de l'ancien hôpital, en face de la grande porte d'entrée.

Passage du Qor'ân (sourate III, v. 16 et 17) : « Dieu a rendu ce témoignage : Il n'y a point d'autre Dieu que lui; les anges et les hommes doués de science et de droiture répètent : Il n'y a point d'autre Dieu que lui, le puissant, le sage. La religion de Dieu est l'Islam. Ceux qui suivent les Écritures ne se sont divisés entre eux que lorsqu'ils ont reçu la science, et par jalousie. Celui qui refusera de croire aux signes de Dieu éprouvera combien il est prompt à demander compte des actions humaines. » (Traduction de Kazimirski.)

N° 63.

Inscription en lettres koufiques, au-dessous de l'inscription précédente.

ابتون ازریون پرفتون لو غسلین نیث افتولا کد طالوتیر

توتومند مواميت اپندوس ناکردش پپیت پیش

Ces deux lignes sont restées jusqu'ici rebelles à toute interprétation.

### N° 64.

Au-dessus de la porte du mausolée.

لقد أُخْرِجنا من سعة القصور الى ضيق القبور يا حيرتاه مَا أَغْنَى
عَنِّى مَالِيَهْ هَلَكَ عَنِّى سُلْطَانِيَهْ تحقّق الانتقال تبيّن الزحال عن
كلّ ما شكّ النزال فى اربع من شوال سنة سبع عشر وستمائة

« Voici qu'on nous a fait sortir des vastes palais pour les tombeaux étroits ; ô étonnement ! « A quoi m'a servi ma fortune? ma puissance a péri[1] » ; le départ est certain, le déplacement est sûr, loin de cette hospitalité à laquelle on s'attache. Le 4 chawwâl 617 (2 décembre 1220). »

Il est difficile, au premier abord, de douter que l'on n'ait sous les yeux, sur le mausolée qui renferme le tombeau du fondateur de l'hôpital, la date même où est mort ᶜIzz-ed-dîn Kaï-Kâous Ier. C'est bien d'ailleurs le même texte que Djénâbî a vu et reproduit dans son ouvrage, autant qu'on peut en juger par la traduction que Hammer nous en a donnée (*Histoire de l'Empire ottoman*, t. I, p. 367) ; la date y est également celle de chawwâl 617. Mais nous avons vu, à propos de l'inscription d'Isḥâqly n° 11, que ce prince mourut à Vîrân-Chéhir en 616 et que son corps fut transporté ensuite à Sîwâs pour y être inhumé dans l'hôpital qui était sa création ; la date que porte le monument pourrait être celle où a eu lieu l'inhumation définitive. En effet, son frère et successeur ᶜAlâ-ed-dîn Kaï-Qobâd Ier a fait frapper à Qonya des monnaies d'argent qui portent la date de 616 (catalogue de la collection Ghâlib-bey, p. 26), et nous avons vu que ce prince était resté en prison jusqu'au moment où le conseil des émirs avait décidé de l'élire en remplacement de son frère défunt (voir inscription de Qonya, n° 23). La date de 616 n'est pas douteuse et celle du 4 chawwâl 617 est celle où a eu lieu l'inauguration définitive du monument.

1. Qor., sour. LXIX, v. 28-29.

## N° 65.

Sur la porte du Geuk-Médrésé (le collège bleu, ainsi nommé sans doute à cause de sa décoration de faïences).

عُمِّرَ فى ايام دولة السلطان الاعظم شاهنشاه المعظم غياث الدنيا
والدين كيخسرو [بن] قلج ارسلان خلد الله دولته

« [Ce collège] a été construit sous le règne du grand sultan, roi des rois magnifié, Ghiyâth-ed-dounyâ w'èd-dîn, Kaï-Khosrau [fils de] Qylydj-Arslân (que Dieu éternise son empire!). »

La copie que j'ai entre les mains porte الدولة, اعيان au lieu de غياث, et قلنج pour قلج, mais ce sont évidemment des fautes dues à l'ignorance et à l'inexpérience du copiste; elles ont été aisément corrigées d'après les monuments similaires.

L'inscription suivante (n° 66) nous permet de fixer avec certitude le nom du prince régnant et la date du monument.

## N° 66.

Même endroit, au-dessus de la porte principale.

امر بعمارة هذه المدرسة المباركة فى ايام دولة السلطان الاعظم شاهنشاه
المعظم غياث الدنيا والدين كيخسرو بن قلج ارسلان خلد الله دولته الصاحب
الاعظم الدستور المعظم ابو الخيرات والحسنات فخر الدولة والدين على بن حسين
احسن الله عاقبته فى غرة محرم سنة سبعين وستمائة

عمل استاذ

كالوياز

« A ordonné de construire ce collège béni, sous le règne du grand sultan, roi des rois magnifié, Ghiyâth-ed-dounyâ w'èd-dîn, Kaï-Khosrau, fils de Qylydj-Arslân (que Dieu éternise son empire!), le grand *çâḥib*, le ministre magnifié, généreux et bienfaiteur, Fakhr-ed-daulè w'èd-dîn, ʿAlî, fils de Ḥoséïn (que Dieu rende bonne sa fin!), le premier jour de moḥarrem de l'an 670.

« Œuvre du maître Kâloyâz (?). »

Comme pour le texte précédent, ma copie porte اعيان au lieu de غيات, et قلنج pour قلج; de plus, le groupe بعمارة, au début, a été lu نعيان par le copiste de Sîwâs; la correction en est aisée. Au lieu de عاقبته, le copiste a lu, une première fois, عافيته, et une seconde fois عواقبته (*sic*), mais la comparaison avec l'inscription n° 12 d'Isḥâqly prouve que notre correction est bonne.

L'année 670 a commencé le 9 août 1271; elle correspond au règne de Ghiyâth-ed-dîn Kaï-Khosrau III, fils de Rokn-ed-dîn Qylydj-Arslân IV. Nous nous sommes suffisamment étendu sur le règne de ce prince ainsi que sur son ministre Fakhr-ed-dîn ʿAlî ben Ḥoséïn, surnommé *Çâḥib ʿAṭâ*, à propos de l'inscription de Qonya n° 50.

N° 67.

A l'intérieur du même monument, sur le vieux cintre en face de la porte d'entrée.

امر بانشاء هذه المدرسة المباركة تقرّبا الى الله تعالى الصاحب الاعظم الدستور المعظم

مولى الموالى النعم رسوم الكرم قوام الدولة القاهرة ونظام الملّة الزاهرة ابو الخيرات

والطاعات والحسنات فخر الدولة والدين على بن حسين احسن الله عاقبته فى غرّة محرم

سنة سبعين [و]ستمائة

« A ordonné la construction de ce collège béni, comme un moyen de se rapprocher du Dieu très haut, le grand *çâḥib*, le ministre magnifié, le maître des bienfaiteurs, (distributeur de) marques de générosité, soutien de l'empire victorieux, organisateur de la nation brillante, le bienfaiteur, le pieux, l'homme de bien, Fakhr-ed-daulè w'èd-dîn, ᶜAlî ben Ḥoséïn (que Dieu améliore sa fin!), le premier jour de moḥarrem de l'an 670. »

La copie porte, comme celle de l'inscription précédente, عافيته pour عاقبته. Sous cette inscription se trouvent tracés deux versets du Qor'ân (*Ayat el-korsî*, sour. II, v. 256, et sour. III, v. 17); puis vient l'inscription n° 69 ci-dessous.

## N° 68.

### Inscriptions à l'extérieur et à l'intérieur du même monument.

A. Sur la fenêtre extérieure de la mosquée :

افضل البقاع المساجد

« Les plus nobles des constructions sont les oratoires. »

B. Sur la fenêtre intérieure de la mosquée :

افضل الدين الورع

« Ce qu'il y a de meilleur dans la religion, c'est la piété[1]. »

C. Au-dessus de la porte de la mosquée :

بسم الله الرحمن الرحيم وان المساجد لله فلا تدعوا مع الله احدًا صَدَق الله العظيم

« Au nom de Dieu, clément, miséricordieux. Les mosquées sont à Dieu; or, n'invoquez, avec lui, personne autre (Qor., sour. LXXII, v. 18). Dieu, le très grand, a dit vrai. »

D. Sur la porte de la première chambre, à droite :

من كلام امير المؤمنين على كرّم الله وجهه

« Apophtegmes du prince des croyants ᶜAlî (que Dieu ennoblisse son visage! »

1. *Ḥadîth* de Mahomet. Cf. *Konoûz el-Ḥaqâïq* d'ᶜAbd-er-Ra'oûf el-Minâwî, éd. lithogr. en 1285 hég., p. 19.

Cela indique que les inscriptions qui vont suivre sont des proverbes attribués à ᶜAlî, fils d'Abou-Ṭâlib.

E. Sur la porte de la deuxième chambre :

ازكى المال ما اشتريت به الاخرة

« L'argent le plus pur, c'est celui avec lequel on achète la vie future. »

F. Sur la porte de la troisième chambre :

اقرب الناس من الانبياء اعلمهم بما امروا به

« Celui d'entre les hommes qui se rapproche le plus des prophètes, c'est celui qui sait le mieux ce qui leur a été ordonné. »

G. Sur la porte de la quatrième chambre :

اشرف العلم ما ظهر في الجوارح والاركان

« La plus noble science, c'est ce qui se manifeste dans les membres et les éléments. »

H. Sur la porte de la cinquième chambre :

افضل الشرف بذل الاحسن

« L'honneur parfait, c'est de prodiguer les bienfaits. »

I. Sur la porte de la sixième chambre :

اوضع العلم ما وقف على اللسان

« Ce qu'il y a de plus infime dans la science, c'est ce qui n'est que sur le bout de la langue. »

J. Sur la porte du jardin :

على كلّ باب من ابواب الجنّة مكتوب لا اله الا الله محمد رسول الله

« Sur chacune des portes du paradis est écrite la formule : Il n'y a de dieu que Dieu, et Mahomet est son prophète. »

K. Sur la porte de la septième chambre :

من اشتاق الى الجنة سارع الى الخيرات

« Celui qui désire entrer au paradis s'empresse d'accomplir de bonnes œuvres[1]. »

L. Sur la porte de la huitième chambre :

قال النبى صلى الله عليه وسلم

« Le prophète a dit [que Dieu le bénisse et le salue!] : »

Suivent des *ḥadîth* ou traditions de Mahomet (de M à R).

M. Sur la porte de la neuvième chambre :

من يُرِد الله به خيرًا يفقّهه فى الدين

« Celui à qui Dieu veut du bien, il le rend intelligent dans la religion[2]. »

N. Sur la porte de la dixième chambre :

من علم حتى يكون منتهاه الجنة

« Qui sait si le terme de ses efforts sera le paradis? »

O. Sur la porte de la onzième chambre :

من سئل عن علم يعلمه فكتمه أُلجم بلجام

« Celui qu'on interroge sur une science qu'il sait, et qui la dissimule, c'est comme si on l'avait bridé[3]. »

P. Sur la porte de la douzième chambre :

الانبياء قادة والفقهاء سادة ومجالسهم زيادة

1. *Ḥadîth* de Mahomet; cf. *Konoûz*, p. 136, qui donne la variante سابق pour سارع.

2. *Konoûz*, p. 149.

3. *Id. opus*, p. 141, qui supprime يعلمه et ajoute à la fin من نار.

« Les prophètes sont des conducteurs, les jurisconsultes des seigneurs, et leurs séances sont un accroissement (d'honneur ou de science)[1]. »

Q. Sur la porte de la treizième chambre :

افضل العبادة الفقه

« Le meilleur exercice de piété, c'est (l'étude de) la jurisprudence[2]. »

R. Sur la porte de la quatorzième chambre :

افضل عبادة امّتى قراءة القرآن

« Le meilleur exercice de piété de mon peuple, c'est la lecture du Qor'ân[3]. »

N° 69.

Même endroit, au-dessous de l'inscription n° 67.

اللهمّ أيّد وانصر عبدك وخليفتك السلطان الاعظم والخاقان المعظم
مولا ملوك العرب والعجم ظلّ الله فى العالم ادام الله دولته وسلطنته
الى يوم القيام

« O Dieu! aide et secours ton serviteur, ton vicaire, le grand sultan, le khaqan magnifié, maître des rois arabes et persans, ombre de Dieu dans l'univers (que Dieu fasse durer sa prospérité et son empire jusqu'au jour du jugement!) »

Le souverain dont le nom n'est pas donné dans cette inscription est visiblement celui qui régnait lors de la construction du *Geuk-Médrésé*, c'est-à-dire Ghiyâth-ed-dîn Kaï-Khosrau III (voir, ci-dessus, l'inscription n° 66).

1. *Konoûz*, p. 51, qui lit عبادة au lieu de زيادة.
2. *Id. opus*, p. 19.
3. *Id. opus*, p. 19, qui ajoute نظرًا à la fin.

# Généalogie des sultans seldjouqides de Roûm.

- Seldjoûq
  - Isrâ'îl
    - Qoutoulmych
      - 1. Soléiman Ier
        - Dâoud
        - 2. Mâhmoûd Qylydj-Arslan Ier
          - 3. Rokn-ed-dîn Mas'oud Ier
            - 4. 'Izz-ed-dîn Qylydj-Arslan II
              - 6. Rokn-ed-dîn Soléiman II
                - 7. 'Izz-ed-dîn Qylydj-Arslan III
              - Dix fils, dont la liste (sauf un) est donnée page 54. Une fille, Seldjoûqa-Khâtoûn.
              - 5. Ghiyâth-ed-dîn Kaï-Khosrau Ier
                - 8. 'Izz-ed-dîn Kaï-Kaous Ier
                - 9. 'Alâ-ed-dîn Kaï-Qobad Ier
                  - 10. Ghiyâth-ed-dîn Kaï-Khosrau II
                    - 11. 'Izz-ed-dîn Kaï-Kaous II
                      - Férâmerz
                        - 15. 'Alâ-ed-dîn Kaï-Qobad III
                          - Ghiyâth-ed-dîn
                      - 14. Ghiyâth-ed-dîn Mas'oud II
                        - Ghâzi-Tchélébi règne à Kastamouni et Sinope
                      - Mélik Constantin, baptisé à Constantinople
                    - 12. Rokn-ed-dîn Qylydj-Arslan IV
                      - 13. Ghiyâth-ed-dîn Kaï-Khosrau III
                    - 'Alâ-ed-dîn Kaï-Qobad II
                  - Méliké-Khâtoûn épouse Mélik-Nâçir Yoûsouf, prince éyyoubite d'Alep
                - Djélâl-ed-dîn Kaï-Féridoûn
            - Châhân-châh, règne à Angora en 560

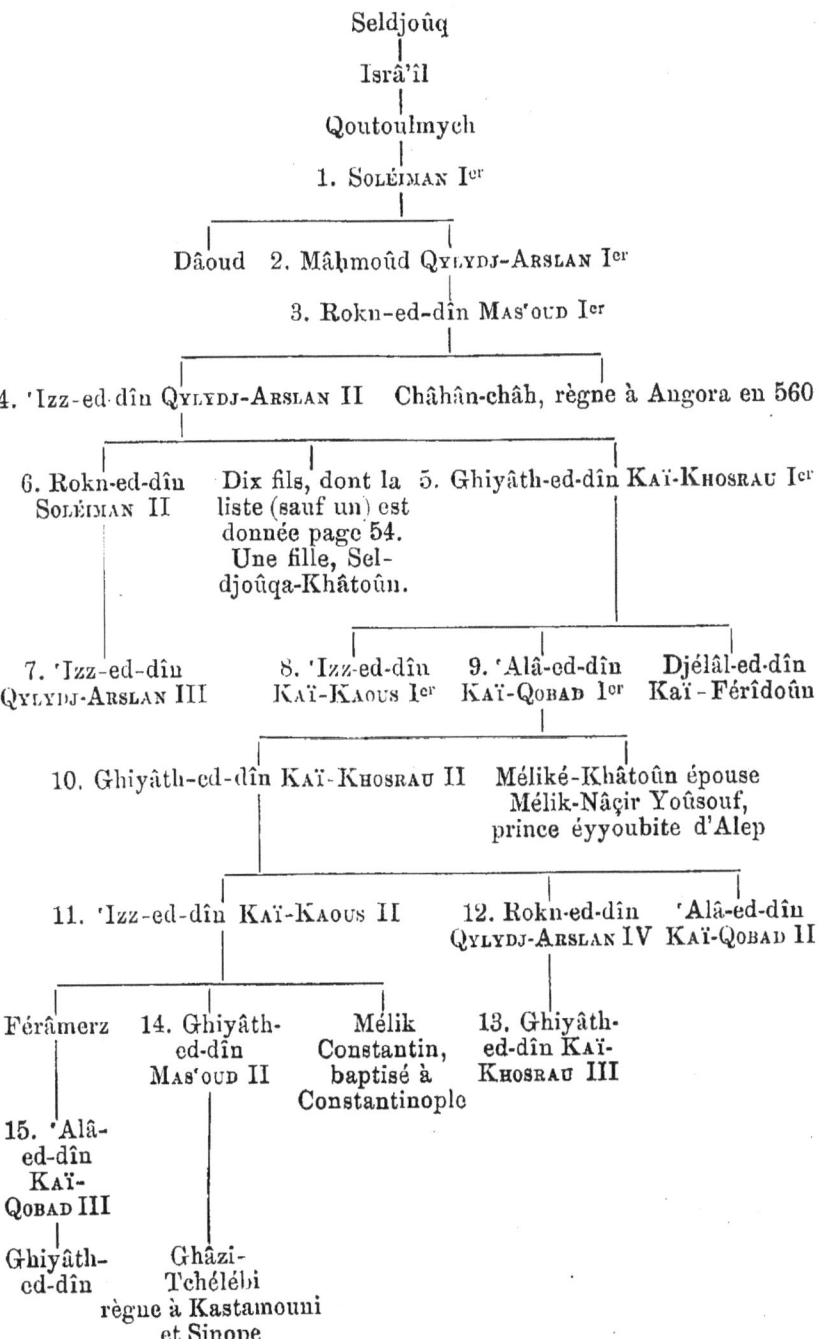

# Généalogie de la famille de Qaramân.

- Noûr-Çoûfî, d'origine arménienne
  - Qaraman
    - Mohammed-beg Ier
      - Bedr ed-dîn Mahmoud-beg
        - Yakhchi-beg
          - 'Ala-ed-din ('Alî-beg)
            - Moûsâ-beg
            - Mohammed-beg II
              - Mohammed
              - 'Isâ
              - Ibrahim-beg
                - Pir-Ahmed-beg
                - Qaramân
                - Qâsim
                - 'Alâ-ed-dîn
                - Soléïmân
                - Noûr-Çoûfî
                - Ishaq-beg
        - Ibrâhim
        - Soléïmân-beg

Paris. — Imprimerie Paul Lemaire, 14, rue Séguier.

Paris. — Imprimerie PAUL LEMAIRE, 14, rue Séguier.

www.ingramcontent.com/pod-product-compliance
Lightning Source LLC
Chambersburg PA
CBHW071119260626
47162CB00006B/2385
*9782013736084*